LA NIEVE INVISIBLE

EDUARDO VERDÚ

LA NIEVE INVISIBLE

PLAZA & JANÉS

Papel certificado por el Forest Stewardship Council®

Primera edición: enero de 2026

Travessera de Gràcia, 47-49. 08021 Barcelona

Printed in Spain – Impreso en España

ISBN: 978-84-01-03724-5
Depósito legal: B-19.709-2025

Compuesto en Mirakel Studio, S. L. U.

Impreso en Gómez Aparicio, S. L.
Casarrubuelos (Madrid)

L037245

Para Lucía, Mayo, Álix y Lagüe

PRIMERA PARTE
La llegada

2026

1

«Tu padre ha muerto». Ni siquiera dice «Papá ha muerto», como dándole un tono más cercano pero a la vez más dramático a la defunción. «Tu padre ha muerto» y, mientras lo escucha al teléfono, Vero mira el cielo de zinc del aeropuerto desde la terraza de la torre de control. Y los aviones, cuyas matrículas y vectores conoce, se acercan a las pistas, y su mano se entumece sosteniendo el móvil. No habla. Su madre, al otro lado, tampoco. Quizá ya no queda nada más por morir.

«Tienes que venir cuanto antes, no podemos enterrarlo. El cementerio está hecho un desastre: un corrimiento de tierras ha tirado la tapia de arriba y los nichos, hay ataúdes por todas partes. Yo no he querido ni subir. Tu padre está en el depósito, el pobre. Dice Sagrario que incluso han salido tumbas de debajo de la tierra. ¡Qué horror! Ven ya, Verónica, por favor».

Vero posa el móvil un segundo sobre la barandilla. La voz agrietada y metálica de su madre sigue sonando ininteligible. Hacía casi un año que no la oía. Saca el paquete de tabaco y el mechero de la cazadora de cuero y se enciende un cigarrillo cuyo primer humo se trenza con las palabras que suenan en el teléfono zarandeadas por el viento.

Intenta recordar a su padre. Se esfuerza por rescatar la imagen de su cara redonda, su pelo duro como el de un jabalí. Hace doce años que no lo ve y veinticinco desde que ella se fue del pueblo, mucho tiempo, pues, sin oler el jabón de su afeitado, sin contemplar desde la mesa de la cocina su cuerpo escueto y recio sirviéndose el café, sin rozar sus manos terrosas y tintadas de pólvora. Procura sentir pena, sentir vacío, sentir nostalgia. Pero no encuentra nada de eso en su interior. No puede dejar de pensar que el IBE2604 está haciendo una aproximación excesivamente veloz y que la ceniza le está quemando la manga. Además, hacía décadas que nadie la llamaba Verónica.

Promete que irá pronto. «¡Ya!», replica su madre, y Vero no puede evitar pensar que es viernes y justo esta semana libra el sábado y el domingo. No hay excusa. «Vale, mamá, salgo esta tarde para allá». Confía en resolver el entierro durante el fin de semana. A Eva le va a parecer fatal que se marche a la montaña esa misma tarde, tenían planes de salir a cenar con amigos y un concierto, y los fines de semana de libranza son escasos y preciados. «Pero, joder, se ha muerto mi padre».

Termina su jornada en la torre, ficha su salida del aeropuerto y se enciende otro cigarrillo ya subida en la moto. El flequillo le azota la frente, el asiento le enfría los muslos. Los ojos se le vidrian por el temprano invierno. Da una calada y arranca la Honda mientras mira el depósito de gasolina. Le hará falta llenarlo hasta llegar a aquel maldito pueblo entre las montañas nevadas de los Pirineos.

Vero duda entre pasarse por la agencia de publicidad de Eva a darle la noticia de su inminente marcha o hacer previamente las maletas y aparecer ya en la oficina lista para partir, sin opción de que su novia proteste ni intente negociar un retraso. Quizá la segunda alternativa sea la más acertada. Eva es consciente del poco afecto que siente Vero hacia sus padres, con quienes casi no ha mantenido contacto en las dos últimas décadas. Hace años que aquel pueblo helado y su propia familia se quedaron lejos en la distancia y el pensamiento, como encapsulados en una bola de cristal, un souvenir con nieve de purpurina perdido para siempre en la caja de cartón de la memoria.

Vero llega al piso que comparte con Eva, un apartamento pequeño pero muy luminoso. Un ático con casi más terraza que vivienda, recién reformado. Se mudaron hace medio año, cuando a Eva le empezó a ir bien como *copy* en una nueva agencia de publicidad. Pero el salto que dieron no fue únicamente a un barrio más refinado y a un apartamento mejor, sino también a una nueva etapa de su relación. Hoy Eva tiene cuarenta y un años y está convencida de que es el momento adecuado para ser madre. Ambas han hablado mucho sobre el asunto. Con un vino blanco, las piernas dobladas encima del sofá y Netflix silenciado, llegaron finalmente a la conclusión de que acudirían a una prestigiosa clínica de fertilidad para informarse y empezar el tratamiento. Vero tiene treinta y siete y alberga dudas sobre la idea de ser madres, pero es verdad que a cierta edad el reloj biológico emite algunas señales débiles pero innegables como el SOS de un submarino.

Del pueblo recuerda un frío afilado. Un helor intrusivo y silente, invasivo como un gas, como una epidemia. Así que sobre la cama arroja los jerséis más gruesos, las camisetas interiores más tupidas, las botas forradas de borrego. Hace la maleta rápidamente. No cree que le lleve más del fin de semana despedir a su padre. Deja sobre la funda nórdica la maleta de cuero que empacará en la moto y la nueva muda para hoy.

Decide darse una ducha para emprender el viaje sintiéndose cómoda y limpia. Se quita la ropa mirándose en el espejo del baño, se suelta el largo pelo negro recogido en una cola de caballo. Observa su piel morena tintada de tatuajes, la serpiente enroscada y con alas que preside su pecho, las golondrinas y la calavera marcadas en sus brazos. Y se pregunta cómo la verá su madre, qué opinará de ella en la actualidad. Hace ocho años que no están juntas, aunque hablan algo por teléfono. Seguro que la nota envejecida, demasiado delgada, esquiva como siempre. En Vero hay un rechazo larvado, un cristal invisible que la separa del calor de su madre, de una temperatura que, por otro lado, parece haberse apagado hace mucho tiempo. Desde que se marchó a estudiar la ESO a Madrid, desde que, sin saber muy bien por qué, nadie quiso nunca que regresase a Monte Nieves. Y ella, desde luego, tampoco deseó hacerlo.

Cierra los ojos mientras el agua recorre sus delgados hombros, sus pechos pequeños, sus piernas largas y sus pies. Y no quiere salir de allí, se resiste a abandonar esa burbuja de calor y vaho, esa cápsula sin tiempo ni espacio que es la ducha, un útero protector y aislante donde sentirse a salvo.

—¡Hombre, qué sorpresa! —exclama Eva al ver aparecer a su novia por la puerta de la agencia—. Esto es lo más romántico que has hecho en el último año —añade provocadora.

Vero esboza una sonrisa forzada, no tanto por el alegre pero punzante comentario de su chica, sino por la inminente noticia que ha de darle.

—Espera un segundo a que cierre el ordenador y nos vamos a comer algo —continúa Eva.

—Es que... no debería tardar en irme.

Eva, que está terminando de responder un email, levanta rápidamente la vista de la pantalla.

—¿Irte? ¿Adónde?

—Ha muerto mi padre.

Por un segundo, Eva se queda en blanco, intentando procesar la noticia. Busca alguna palabra, alguna frase de repuesta, pero nada le parece adecuado. Así que simplemente se acerca a su chica y la abraza. Tras unos instantes de silencio, Eva coge entre sus manos la bella y aguzada cara de Vero, se pone de puntillas y le besa el labio inferior.

—Me voy ya. Mi madre está histérica. Resulta que no pueden enterrarlo, que hay problemas en el cementerio. En fin, espero estar de vuelta el domingo. Siento lo del concierto. Y lo de la cena de Sergio.

—Bueno, no pasa nada, lo primero es lo primero.

—Para un finde que libro...

—Ya. En fin, habrá más. Lo importante es que estés aquí para la consulta del miércoles. Ya sabes lo que nos ha costado que nos den cita en esta clínica.

—Sí, ya, no te preocupes. No creas que me apetece quedarme mucho en el pueblo.

—¿Has hecho la maleta?

—Sí, lo tengo todo en la moto.

—¿No es un poco peligroso subir hasta allí en moto? Las carreteras pueden estar heladas y está lejísimos. ¿Por qué no coges mi coche?

—No, no, está bien así, no te preocupes.

—Si es que no te pierdes, controladora aérea.

Vero sonríe ante el sarcasmo de su novia, quien es consciente de su falta de orientación a pesar de trabajar en una torre de control, una más de sus contradicciones internas, esas que, en ocasiones, la han hecho preocuparse seriamente.

Vero besa a Eva y la abraza.

—Te llamo cuando llegue. Dile a Sergio que me haga otro *pad thai* a la vuelta.

—Lo haré.

Eva acompaña a Vero hasta el ascensor y allí se despiden. Vero abraza el cuerpo pequeño de su chica, mira con cariño sus ojos de hurón y luego besa su boca amplia y suave mientras le acaricia el pelo salpicado de plata.

Sube a la moto. Se pone el casco y en el GPS escribe «Monte Nieves». Pero el aparato otra vez se cuelga. Lleva un tiempo averiándose, y en esta ocasión parece que a él tampoco le apetece dirigirse hacia las montañas. Vero sabe que lo mejor sería utilizar el móvil como guía, pero no quiere distraerse con los mensajes o alertas que seguramente irán apareciéndole en la pantalla. Por otro lado, le tiene cariño al viejo cacharro que compró hace años con la moto, se siente cómoda siguiendo las direcciones dibujadas en esos toscos y sencillos gráficos.

Vero golpea con el índice rítmicamente la pantalla del dispositivo y espera unos segundos, pero al final desiste. Entonces se pone los guantes, baja la visera del casco y arranca en el mismo instante en que su madre, a seiscientos kilómetros de distancia, arruga y tira a la basura una nota anónima encontrada en el buzón que dice: «Por fin ha muerto un asesino».

2

Monte Nieves está realmente lejos. Tenía razón Eva: habría sido mejor coger el coche. Vero conduce hacia el norte y pareciera que el destino está cuesta arriba. Además, el tiempo va empeorando a medida que avanza por la carretera, como si se adentrase en un paraje maldito.

Hay algo en ese sitio, algo en ese pueblo, en esa niñez, que la desconcierta y la repele. La moto va trazando curvas y dejando atrás pinares y gasolineras, pero ella siente algo parecido al polo idéntico de un imán, esa fuerza que te expele y te obliga a retroceder.

No tarda en hacerse de noche. Cae una fina llovizna que perla la visera del casco y que, al atravesar el potente haz de luz del faro, parecen pavesas. Nota los puños y los cuádriceps tensos y cansados, pero decide hacer las menores paradas posibles. No quiere llegar, pero a la vez quiere llegar ya. A las nueve de la noche comienza a adentrarse en el valle. Lo primero que le llama la atención es que apenas hay nieve en las montañas. Recordaba las cumbres preñadas, enturbantadas, imponentes alfiles custodiando el pueblecito. Ahora los altos peñascos solo están moteados. Llueve débilmente. A Vero le duele todo el cuerpo del viaje, tiene frío. Pero ahí están frente a ella las luces de la primera calle de Monte Nieves.

Nada más entrar en el pueblo, los fieros ladridos de un perro la obligan a parar en seco, paralizada por el susto. El animal está detrás de la valla que custodia un bonito y cuidado jardín iluminado por una farola. Una mujer de la edad de Vero se asoma al umbral de la casita y llama al perro.

—Perdona —dice la señora, que luce un delantal y una trenza algo canosa—. No hace nada. Le asustan las motos, le ocurre siempre, desde cachorro, no sé qué le pasa con ellas —explica mientas sale presurosa bajo la lluvia para agarrar al gran labrador negro.

Vero se queda quieta frente a la reja donde el perro gruñe, tratando de que le amaine el corazón.

—Vamos, Curro, venga, deja ya de ladrar, ¡escandaloso! —le recrimina su dueña de manera cariñosa mientras coge al animal por el collar. La mujer está ya a pocos metros de Vero. Es entonces cuando Vero se levanta la visera del casco para observar mejor su rostro, que le resulta familiar.

—¿Eres Inés?

Ahora es la montenevina quien se queda parada. Bajo la débil lluvia y con el perro agarrado y todavía ladrando, se da la vuelta y contesta desconcertada:

—Sí, soy yo.

Vero se quita el casco y su pelo negro se derrama sobre la chaqueta de cuero mientras se moja con la lluvia. La chica del perro la mira algo desubicada, no acaba de reconocerla.

—Soy Vero.

Inés tarda un instante en ordenar la información. Luego sonríe y Vero descubre que tiene más arrugas de las que había observado a simple vista.

—¡Vero! ¡¿Pero Vero?! ¡No me lo puedo creer! Espera, que meto al perro en casa y te doy un abrazo.

Vero no sabe si ponerse el casco otra vez o no. Empieza a llover más fuerte. Ahora se arrepiente de haber llamado a Inés por su nombre. Está dolorida del viaje, cansada y empapada. Lo que realmente desea es llegar a casa de su madre, al otro lado del pueblo, llamar a Eva y meterse en la cama.

Inés sale presurosa, por la emoción y por el chubasco, a abrir la cancela. Vero baja de la moto, las dos se abrazan.

—Estás guapísima, tan delgada... ¡Qué cambiada!

Vero no dice nada, no sabe qué piropo devolverle a una amiga a la que ve más envejecida y algo descuidada.

—Por cierto, que siento mucho lo de tu padre. Supongo que has venido por eso.

—Sí.

—Ya, vaya. Pobre. Pero pasa, pasa a casa, aunque sea solo un momento, que aquí nos estamos empapando.

Al hacerlo, Vero siente que acaba de entrar en un mundo nuevo. La casa de Inés huele a leña y a ajo, la luz es cálida y escasa, los muebles de madera son viejos y el estampado de los sillones horroroso. Tres niños, de entre cinco y diez años, están sentados en la mesa de la cocina sorbiendo sopa mientras ven dibujos animados en una tele diminuta. Ahora el perro se le acerca moviendo el rabo y lamiéndole la mano helada. Vero intenta disimular el asco.

—Mira, Vero, estos son Enrique, Marcos y Paula. Chicos, prestadme atención un segundo. Esta es Vero, mi mejor amiga cuando éramos pequeñas, más o menos cuando teníamos vuestra edad. Anda que no hemos corrido aventuras y nos hemos reído juntas en el pueblo... ¿A que sí, Vero?

—Claro.

Inés, con zapatillas de estar por casa, abraza otra vez a Vero prestándole su olor a sudor y a pimentón.

—Qué pena que ahora no esté Mariano, mi marido. ¿Te acuerdas de Mariano? Su padre tenía el bar de arriba. Pero quédate a cenar, que no tardará.

—No, no, si acabo de llegar, estoy hecha polvo, ni siquiera he saludado a mi madre.

—Jo, tu madre, se va a morir de la emoción cuando te vea. ¿Cuánto hacía que no venías al pueblo? Un montón.

—Sí, un montón.

—Bueno, pues mañana nos vemos, ahora corre a casa, que debes de estar agotadita. Cuánto me alegro de verte, aunque sea en esta circunstancia.

—Sí, mañana nos vemos.

—Chicos, decidle adiós a mi amiga Vero.

Los niños no despegan las manos del plato de sopa ni los ojos de la pantalla.

—Bueno.... Te acompaño.

—No, no, no hace falta, que está lloviendo.

—Me ha encantado verte.

—A mí también.

—A ver qué pasa con lo del cementerio.

Vero no quiere prolongar la conversación, así que recurre a monosílabos para acortar la separación.

—Ya, a ver...

—Bueno, otro beso.

Vero regresa por el breve camino que separa la casa de Inés de su moto. Ahora llueve intensamente. Se sienta en la Honda y, antes de ponerse el casco, se despide con la mano y con una sonrisa de su vieja amiga, que observa enmarcada en la luz de la puerta la marcha de la «forastera».

Conduce con cuidado por el resbaladizo empedrado del pueblo. Alguna esquina le parece irreconocible, pero otros rincones la sacuden al pasar con un desconcertante *déjà vu*. Le llaman la atención unas luces azules que refulgen en las afueras. Es el cementerio. Vero se desvía ligeramente para comprobar que hay dos coches de la Guardia Civil en la puerta del desvencijado camposanto. Se pueden ver, sin necesidad de entrar, los estragos provocados por el corrimiento de tierra. Alguna casa de la periferia ha sido inundada por la avalancha de lodo y piedras y, tal como le dijo su madre, la tapia del cementerio está desmoronada y medio sepultada por el barro.

Finalmente llega a la puerta de su casa. El edificio es de piedra gris con el tejado de pizarra a dos aguas. Tiene un par de alturas más una pequeña buhardilla. Los balcones son de hierro forjado y la puerta de madera está remachada con goznes, cerradura y picaporte de hierro. Vero aparca la moto en la entrada. Se le acelera el corazón. Siente que fue otra vida la que habitó entre esas paredes. Percibe emociones encontradas: un pálpito de amor y también una marea de angustia. Se acerca despacio a la puerta principal y ve que la cocina y el salón están encendidos. Tras limpiarse las botas en el felpudo de la entrada, por un segundo considera largarse, darse la vuelta y conducir la moto hacia la oscuridad. ¿Quién es ahora su madre? ¿Y quién es ella misma? Exhala. Luego contiene la respiración y llama al timbre.

3

Su madre está igual que hace ocho años, cuando fue a Madrid a visitarla. Solo ha cambiado el pantano de sus ojeras y una nueva fragilidad en los movimientos. La casa también permanece prácticamente intacta. Vero cruza el umbral, abraza a su madre, quien la estrecha con todas sus fuerzas, que son ínfimas.

No puede negar que la emociona verla, a esa anciana bajita y con un poco de barriga y algún diente oscurecido pero la sonrisa franca. Tras separarse, se sientan en la cocina. La cocina siempre fue el corazón del hogar, allí se calentaban con los fogones de hierro, los propios guisos servían de calefacción. Recluidos en aquel capullo de madera y hule, sus padres y ella fueron un día una familia. Vero siempre echó de menos tener una hermana. O un hermano. Cuando suspiraba por un compañero de juegos, sus padres le explicaban que no había sido fácil tenerla a ella, que resultó casi un milagro tardío que apareciera aquella niña «regordeta y vivaracha» que ya nada tiene que ver con la mujer de hoy.

—Estás cada vez más delgada, hija —se queja Carmen, su madre, mientras se ayuda con las dos manos para sentarse en el banco corrido que bordea la mesa redonda de la cocina.

Luego coge las manos de su hija, y Vero las siente huesudas y frías, con las arrugas y las sombras de la vejez. No reconoce ese tacto. De alguna manera le incomoda el abrazo de los dedos de su madre. La quiere y, sin embargo, siente un rencor agazapado.

—Estarás muerta de hambre, y mira que venir en la dichosa moto esa... Te he hecho unos filetes empanados con patatas fritas y una tortilla de patata.

Vero está famélica. Hacía tiempo que no comía filetes empanados y, desde luego, como los de su madre, ninguno.

—¿Cómo estás, mamá?

Carmen, que se ha vuelto a levantar y destapa el plato que cubre una tortilla poco cuajada aún en la sartén, se sorprende gratamente por la pregunta.

—Todavía no me lo creo. Ha sido todo de repente. Ya sabes que le dio un ictus hace dos años, pero estaba bien, incluso seguía de vez en cuando yendo a cazar. Otro derrame, parece ser, no sé. Y... como todavía sigue ahí, sin poder descansar, pues... hasta que no lo entierren no voy a poder descansar yo tampoco.

Vero asiente. Luego hinca el tenedor en la tortilla de patata, y su sabor le trae el gusto de un mundo feliz que sabe que también existió entre esas altas montañas.

—Me he acercado un poco al cementerio y ya he visto el destrozo.

—Aquí ya apenas nieva, ahora solo llueve. Se están derritiendo las cumbres de este valle, pero solo las de este valle. Unos dicen que es el cambio climático ese, otros que es por todo lo que pasó hace treinta años, y yo no sé, lo único que tengo claro es que de momento tenemos suerte de que todo el barro que cae desde arriba solo haya removido el cementerio. Vete tú a saber si mañana no nos entierra también a todos.

—No, hombre, mamá...

—Sí, sí, mamá...

Vero observa a su madre, que está de espaldas, mientras corta rebanadas de pan. Se esfuerza por reconocer en ese cuerpo flácido y disminuido a la mujer que tanto quiso de niña. Ya ninguna de las dos es la misma, pero a Vero le consuela comprobar cómo la conversación y el cariño han fluido con más facilidad de la esperada.

—Había un par de coches de la Guardia Civil en el cementerio —suelta Vero.

—Sí, llevan viniendo dos días.

—¿Por qué?

—Parece que están investigando algo.

—¿Investigando? ¿El qué?

—Algo en los ataúdes. Aprovechando que muchos han salido de debajo de la tierra y que se han derrumbado los nichos, han abierto más féretros.

—Pero ¿para qué? —inquiere Vero con más desconcierto que curiosidad.

—Yo no he oído mucho, la gente habla, ya sabes. Este pueblo está lleno de chismorreos, tú no te creas nada de lo que oigas estos días.

—Pero ¿qué es lo que dice la gente?

—Que han descubierto algo raro en el ataúd del alemán. Otro que murió de un día para otro de un infarto.

—¿Te refieres al alemán que…?

—Sí, hija.

Vero evoca de manera vaga y fragmentada la historia de aquel maldito alemán y su mujer. Llegaron al pueblo cuando ella era pequeña y, desde entonces, todo cambió para el pueblo y para ella. Hay lagunas en su memoria. Tanto el pueblo como sus padres, con esos silencios de aldea, e incluso también ella, quizá involuntariamente bloquearon ciertos recuerdos dolorosos.

Lo que sí recuerda bien es su marcha del pueblo a Madrid con doce años. Entonces no le pareció mal abandonar Monte Nieves. Ya en aquella pubertad comenzó a sentirse ajena a su entorno, a su propia familia. Crecía en su interior una urgencia de huida, no solo de aquel rincón en las montañas, sino de sí misma, de la niña que todos pensaron que era y debía ser. Pero no fue únicamente una pulsión de fuga lo que propició su «exilio»: también fue un dolor interno, una rabia, furia, y quizá también una tristeza íntima que nunca supo explicar. Lo que sí reconoció de inmediato fue el consuelo al irse a vivir con su tío Ángel, el hermano de su madre, quien trabajaba en la capital de médico tras ejercer su profesión casi toda la vida en Monte Nieves.

Los padres de Vero se plegaron a los deseos de independencia de una niña precozmente rebelde. Al no lograr apaciguar su angustia, asumieron que le hacía bien alejarse del pueblo, un lugar que, a su vez, estaba viviendo un momento convulso, una tragedia colectiva de la que nadie quiso volver a hablar. Vero nunca esclareció su torbellino interior ni supo bien de aquella herida que marcó a los montenevinos. Siempre le faltaron datos. Pero, desde luego, respiró hondo cuando salió del pueblo para pasar su adolescencia fiera y autodestructiva en la ciudad.

Carmen y Tino, su padre, habían decidido que la mejor solución era enviarla a la capital a vivir con su tío Ángel, un médico tranquilo, cabal y compasivo. Y además ella pudo acabar el instituto y conseguir una de las últimas becas de formación para trabajar como controladora aérea antes de que se privatizasen esos estudios, que ahora cuestan setenta mil euros. Aquel duro aprendizaje para optar a la beca y el temario en sí, preñado de números, vectores y fórmulas, le despertaron una nueva concepción de sí misma, abrieron en su mente una dimensión desconocida donde refugiarse, donde evadirse del enojo, la pena y el miedo, y desde donde proyectarse en una profesión y un futuro.

—Me he encontrado a Inés —cuenta Vero, abordando ahora el filete empanado y las patatas recién fritas.

—¿A Inés, la hija del alcalde?

—Sí, mamá, a Inés. Casi me come su perro. Hemos estado hablando un poco, hasta me ha metido en su casa para presentarme a sus hijos.

—Vaya. Me alegro mucho de que os hayáis visto. Inés es majísima, la verdad. Y su hermana María también, os cuidaba a ti y a Inés cuando erais pequeñas. ¿Te acuerdas?

—Sí, de eso me acuerdo —contesta aliviada por conservar cierta memoria de su niñez.

—Te encantaba jugar con sus perros, siempre han tenido perros en casa del alcalde.

Carmen sigue hablando de gente del pueblo durante un rato, hasta que sus patatas se enfrían. Llora en algún momento recordando a su marido y vuelve a tomar las manos de su hija. Vero agradece el repetido e insospechado gesto de cariño, pero todavía no se siente en la misma frecuencia de amor.

Con el estómago lleno, comienza a acusar el cansancio del viaje, así que le pide a su madre retirarse a descansar. Carmen la acompaña hacia el interior de la casa, oscura y fría. Vero se sorprende cuando pasan por delante de la escalera que conduce a su antigua habitación. Su madre la guía hasta un pequeño cuarto en el primer piso, abre la puerta y ve dispuestas dos toallas azules sobre una cama estrecha.

—Aquí vas a estar mejor que en tu cuarto. Así no tienes que subir y bajar. En tu habitación ahora solo hay trastos y cosas viejas. Tu padre y yo también nos pasamos a la habitación de enfrente de la cocina hace un tiempo, porque no estábamos para tanta escalera y, además, así no tenemos que calentar los dos pisos.

Vero se percibe como una invitada en lugar de como una hija pródiga. Tenía cierto reparo en regresar a su habitación, pero también curiosidad. Ahora, en su pequeña celda de convento del primer piso, añora como nunca sentirse en casa.

Carmen le da las buenas noches y Vero simplemente responde con un lento parpadeo. La madre cierra la puerta con esmero. Ya sola, Vero desliza la cremallera de su bolsa de viaje, saca el neceser, vuelve a abrir la puerta de su cuarto como si la desprecintara y se lava los dientes en el pequeño aseo de fuera. Después regresa a la habitación, se pone el pijama y llama a Eva.

De repente la voz de su novia le trae ecos de un mundo lejanísimo. Madrid, su ático de diseño, el *pad thai* del que le habla Eva... Vero comprende que con los años se ha construido un universo propio donde ser alguien nuevo. Y desea volver a los brazos de su amada, a tomar el sol de la tarde en la terraza con un verdejo, a escuchar el rumor del tráfico y a Alexa y a dormir bajo un edredón de plumas. Vero promete regresar lo antes posible. Eva le recuerda la importante consulta médica del miércoles. Luego se mandan besos y Vero cuelga con el dedo índice y no con el pulgar, apuntando al botón rojo, con todo el cariño y el mimo con el que su madre cerró la puerta de su habitación.

El silencio es ensordecedor y la oscuridad espesa. Tumbada en la cama, casi pierde la orientación. Parece que el sueño la va a asaltar como una pantera, pero de repente no puede relajarse. Se siente extraña en ese cuarto, ha extraviado las referencias, no cree estar en ninguna parte, ni en Monte Nieves ni en Madrid, ni en el pasado ni en el presente. Así que se levanta y enciende la luz. Y en esa necesidad de ubicación decide acercarse a su vieja habitación para ver qué experimenta al reencontrarse con los recuerdos.

Sigilosa, sale de su cuarto y sube descalza las escaleras. Va adentrándose en el frío de la planta superior como si atravesase un espectro. Apenas hay luz, pero enseguida localiza la puerta. Posa lentamente la mano sobre el pomo. Sabe que ahí dentro está su infancia. Gira la muñeca. La habitación está cerrada con llave.

1995

4

El Mercedes apareció en el pueblo como un ovni o un elefante, como una presencia extraña y fuera de contexto. El aire ya era templado en la cintura del día. Los hombres giraron la cabeza con asombro y deseo, como si hubiese llegado Ava Gardner, y las mujeres miraron aquel coche recelosas y con curiosidad, como si hubiera llegado Ava Gardner.

El transatlántico de cuatro ruedas se paró delante de la pensión. Bajó primero Robert, un alemán canónico: rubio y estirado, un hombre de cuarenta y tres años con un porte elegante, el pelo cortado al ras en las sienes, con botas cámel, camisa de cuadros y chaqueta de ante. La cara con arrugas escasas pero profundas, el gesto duro y los ojos de un azul fulgente.

Del asiento del copiloto se apeó Mila, su mujer, una alemana de treinta y nueve años, también muy elegante pero más bajita y gruesa, con el pelo rubio rojizo. Sacaron del maletero dos enormes bultos con ruedas y entraron decididos al edificio.

Sagrario y Lola estaban en la recepción haciendo inventario de las mejoras que requería la pensión de cara al próximo verano. Sagrario tenía cincuenta y dos años, pero aparentaba más de sesenta. Lucía un cabello canoso y ralo y una piel macilenta. Era obvio que estaba enferma, pero ni ella ni su hija Lola habían compartido el diagnóstico con su entorno. Existía un secretismo sobre el acelerado deterioro de la señora, quien se negaba a dejar de trabajar en la pensión o hacer la compra en el mercado a pesar de fatigarse mucho.

El acento de los alemanes era ordenado, lleno de ángulos rectos y con una gramática impecable. La pareja se acodó en el mostrador de madera aquel día de mayo pidiendo una habitación para las siguientes dos semanas.

—¿Dos semanas? —se asombró Sagrario.

—Sí —replicó Robert.

—¿Y qué vienen a hacer aquí al pueblo, si les puedo preguntar?

—Venimos a conocer bien Monte Nieves —repuso Mila—, nuestra idea es pasar aquí una buena temporada.

—Pero... no estarán ya jubilados, ¿verdad? Son ustedes muy jóvenes...

—No, no —aclaró la alemana—, venimos a hacer negocios.

—¿Negocios?

—Sí, nos gustaría elaborar vino.

—¿Vino? —repitió Sagrario incrédula.

—Vino de hielo, *eiswein* —especificó Robert, quien pareció incluso más alto al pronunciar la palabra.

—Es un vino dulce —apostilló Mila—, parece que el frío no es bueno para el vino, pero hay una forma de hacerlo dejando que se congele la uva.

—Uva *riesling* —puntualizó Robert.

—Exacto, uva *riesling* o *gewürztraminer* —continuó la alemana—, pero nosotros vamos a probar con *riesling*.

Sagrario y Lola se quedaron en silencio. No supieron qué añadir ni tampoco qué más preguntar. Aquel plan vinicultor les parecía inverosímil. Desde luego, no tenían ni idea de vino ni de cepas, y menos de aquellas palabras germanas que les sonaban extraterrestres.

—Bueno, supongo que estarán cansados —resolvió Lola—, les acompaño a su habitación.

La posadera salió de detrás del mostrador con dos juegos de llaves en la mano y los guio por un pasillo estrecho hasta su cuarto.

—Eres muy guapa —se atrevió a piropear Mila a Lola.

La chica sonrió algo turbada. Lola era, en verdad, preciosa. La chica más bella del pueblo, probablemente la chica más bonita que jamás había visto el pueblo. Tenía entonces veintitrés años y un pelo largo y liso que no dejaba de virar de tono en tono, de brillo en brillo. No era muy alta, pero estaba armoniosamente torneada; la hermosura de su cara resultaba sencilla e incontestable, los andares gráciles, las curvas no excesivamente pronunciadas y con las cadencias precisas.

Robert se sentó en la cama y la encontró demasiado blanda. Mila deshacía las maletas al tiempo que su marido inspeccionaba la habitación.

—¿Cómo es posible que no tengan ducha? —protestó Robert ya en alemán.

Luego se acercó a la ventana, la abrió y comprobó el leve grosor del cristal y el deficiente cerramiento. Pensó que por fin habían llegado a aquel pueblo del que tanto habían hablado durante los pasados meses. Robert desempaquetó sus libros y sus cuadernos de trabajo y volvió a concienciarse de la importancia de este nuevo empleo. La empresa por fin había confiado en él poniéndolo al frente de una tarea importante y en otro país. No podía defraudarla, no podía defraudarse tampoco a sí mismo. Pronto tendría cuarenta y cinco años, y era consciente de que ese encargo sería la última oportunidad de mostrar su valía profesional, y, desde luego, iba a hacer todo lo que estuviera en su mano para aprovecharla.

Mila trató durante mucho tiempo de disuadirlo, de convencerlo para que renunciase a ese trabajo. No estaba de acuerdo con tener que internar a su único hijo, Hans, de trece años, en un colegio de Bremen mientras se dedicaban a ese asunto. Pensaba que ese movimiento contra la voluntad del chaval provocaría un distanciamiento en la familia, incluso un resentimiento por parte del niño. Robert, sin embargo, no solo primaba sus intereses profesionales, sino que estaba convencido de que un éxito laboral le abrillantaría frente a su hijo, quien se sentiría orgulloso de un padre capaz de triunfar en una difícil misión en el extranjero, no como le ocurrió a él con su propio padre, que volvió de Francia derrotado tras la Segunda Guerra Mundial.

Mila colocaba la ropa en el armario con cuidado, pero sin dejar de entristecerse por su hijo. Así que hizo un esfuerzo por ahuyentar los pensamientos dolorosos. Cerró el armario, miró por la ventana y luego la abrió. Observó las altas montañas nevadas, coronadas por el límpido frío. Respiró hondo. Confió en que esa experiencia en España contuviese algunas de las grietas de su matrimonio y que finalmente, tal como pronosticaba Robert, terminase con un final feliz para Hans, tanto a nivel personal como familiar.

—La verdad es que parecen buena gente —comentó él mientras iba cerrando las maletas vacías y guardándolas bajo la cama.

—Y yo creo que también les hemos caído bien. Vamos a pasar muchos días en esta pensión.

—Puede ser... El problema será cuando descubran a lo que de verdad hemos venido.

5

El ayuntamiento de Monte Nieves era un imponente edificio de piedra con tejado de pizarra. La parte central de la fachada estaba coronada por un repunte a dos aguas afilado y amenazante, una flecha al cielo sutilmente alfombrado de nubes.

Robert y Mila cruzaron la puerta principal y preguntaron por el alcalde. Esperaron unos minutos sentados en un banco de madera del vestíbulo observando la nula actividad del lugar. Luego fueron conducidos a un pequeño despacho, más diminuto del que se presupondría en un edificio tan ampuloso, donde Enrique los recibió cordialmente en la puerta. El alcalde tenía cuarenta y siete años, era un tipo bajito y calvo, algo pasado de peso y con la barba sombreada a pesar de haberse afeitado esa misma mañana.

—Pasen, pasen y siéntense, por favor.

Los tres tomaron asiento. Enrique lo hizo en un sillón de respaldo alto y acolchado y la pareja en unas sillas inesperadamente incómodas.

—Buenos días, señor alcalde, somos Robert y Mila Fischer —comenzó Robert—. Estamos recién llegados al pueblo y queremos elaborar vino.

—¿A quién dicen que le han comprado las tierras? —interrumpió curioso y de manera grosera el alcalde.

—A Severiano Gómez —respondió Robert.

Tras dar esta información se hizo un silencio.

—Don Severiano es el dueño de medio pueblo. Aquí es como un dios, todo lo ve y todo lo sabe —explicó Enrique algo contrariado—. ¿Y le han contado a él lo del vino?

—No —respondió Robert—. Tampoco nos preguntó. Cogió su dinero, mucho dinero, por cierto, y nos vendió las tierras.

—Ahora solo necesitamos que usted nos conceda la licencia para comenzar las obras —intervino Mila.

—Que se la conceda el Ayuntamiento, quiere decir —aclaró Enrique.

—Eso es, el Ayuntamiento —repitió Robert—. Pero no solo queríamos solicitarle un permiso para la explotación vinícola, sino también una licencia de obra para construir un pequeño hotel-restaurante.

—¿Un hotel? Pero si la pensión de Sagrario y su hija está casi siempre vacía. Veo menos negocio en eso que en el vino, si les soy sincero.

—Enoturismo —soltó Mila.

Enrique miró a ambos visitantes como si presenciase una partida de tenis sin comprender las reglas del juego.

—Vendrá mucha gente a beber vino y a comer bien —amplió la información Robert.

El alcalde volvió a quedarse callado. Aquella idea le parecía de una sofisticación impropia del lugar y de la cultura española. Se le antojaba, en resumen, un suicidio empresarial.

—Miren —les explicó Enrique—, aquí, para comer y beber bien, la gente se va a Monte Aurora, al otro lado del valle. A Monte Nieves la gente viene buscando más la paz y la comida casera, no sé si me explico. En Europa, o Alemania, o donde sea, puede que esté funcionando eso del *enanoturismo*...

—Enoturismo —lo corrigió Mila.

—Bueno, eso. Yo... Yo creo que la gente de aquí está contenta con su ritmo y su modo de vida. Además, a Candela y a Mariano, que tienen bares, y a Sagrario y a Lola, las de la pensión, no les va a hacer mucha gracia su idea. Vamos, que me matan —concluyó el alcalde riendo en solitario de su ocurrencia.

Robert miró a Mila con un gesto de complicidad, como confirmando que la respuesta del alcalde era la esperada. Y, a la vez, como si acordasen dar paso a la siguiente parte de la conversación.

—Mire, señor alcalde… —dijo Robert.

—Enrique, por favor.

—Enrique. Mi mujer y yo pertenecemos a una empresa muy importante de Bremen. Tras el proyecto del que le hablo no estamos solo nosotros dos, sino un entramado empresarial muy potente y, sobre todo, con mucho capital. Queremos traer la prosperidad a Monte Nieves, y la calidad de vida mejora cuando sus habitantes tienen más recursos y, por supuesto, más dinero.

—En eso no les voy a quitar la razón.

—El dinero no será un impedimento en la construcción del viñedo ni del hotel, y estamos seguros de que tampoco en la consecución de las licencias —prosiguió Robert—, así que, si es una cuestión de pesetas, apuesto a que llegaremos a un acuerdo.

El alcalde tardó unos segundos en comprender la oferta. Juntó con fuerza sus labios diminutos y bajó la mirada.

—Miren… El dinero está muy bien, a todos nos gusta tenerlo, pero no estamos hablando de que quieran construirse una casa o abrir una panadería, ¿me explico? Esto… Esto puede de verdad alterar al pueblo, va a crear conflictos. Déjenme tantear a la gente, ver cómo se toman la idea. ¿Saben? El dinero me gusta, pero creo que me gusta aún más volver a ganar las elecciones a alcalde el año que viene.

Y rio por segunda vez sin acompañamiento.

—Creo que no es consciente de la cantidad de dinero de la que estamos hablando —disparó Mila con un tono de voz casi mafioso, en un registro serio y directo como no había utilizado en toda la charla. Enrique la miró intimidado.

—Bueno —zanjó el alcalde—. Yo voy a hablar con mi gente. Ustedes hagan lo mismo con la suya. Cuando tenga una opinión y ustedes la cifra más elevada posible, volvemos a vernos.

—Ha sido un placer conocerle, señor Enrique —aseveró Robert levantándose de la torturadora silla y extendiendo la mano.

—El placer ha sido mío —repuso el alcalde estrechando las manos de los Fischer.

Robert y Mila salieron del despacho y luego del edificio en silencio. Caminaron por las estrechas calles de piedra gris en dirección al primer bar que encontraron. Una vez acodados en la barra, ambos pidieron una cerveza de grifo. Mila miró a los ojos azules de Robert.

—Está buena —opinó Mila.

—Me alegro de que te guste, porque vamos a estar bebiendo esto durante mucho tiempo.

6

María tenía solo dieciséis años, pero ya cuidaba de Inés, su hermana pequeña, y de Vero. Ambas niñas tenían seis. María era cariñosa y atenta, muy madura para su edad. Capaz de ser protectora y, a la vez, cómplice en los juegos y las fantasías de las pequeñas. Vero la adoraba, la había adoptado como la hermana mayor que siempre quiso tener. Además, le fascinaban su pelo rizado y rojo y las pecas de su rostro, que parecían constelaciones.

Las tres estaban jugando en el salón de la casa de Vero. María era una más articulando las muñecas, simulando que el faldón del sillón era la puerta de una tienda de comestibles de la que salían las despeinadas barbies tras hacer la compra.

Carmen y su marido, Tino, los padres de Vero, llegaron a casa antes de lo previsto y lo hicieron discutiendo. María los miró preocupada, ya no solo porque era inusual verlos enfrentados, ya que Carmen era una mujer bastante sumisa y callada, sino por el motivo de la trifulca.

—¡Si quieren enriquecerse, que se vayan a Monte Aurora! Aquí no va a venir nadie, y menos unos extranjeros, a jodernos el pueblo —bramó Tino mientras se despojaba de su chaquetón de lana.

—Bueno, vamos a ver primero qué es lo que de verdad quieren hacer y luego.... —intentó templar Carmen.

—Esas moderneces no las quiero cerca, ¿me entiendes? ¡Hemos vivido aquí muchos años tranquilos como para que vengan ahora con sus negocios de mierda! Yo no quiero que esto se llene de gente, de personas que no conocemos, que se convierta el pueblo en un circo. ¿Tú quieres eso? ¿De verdad quieres eso?

—Yo no quiero eso, cariño, solo estoy diciendo...

Vero interrumpió la discusión abandonando su muñeca en la caja de costura, que había sido convertida en un fantasioso hospital, y corriendo a abrazar las rodillas de su madre.

—Ya verás cuando se entere todo el pueblo, espérate tú que no saquen a esos cabezacuadradas a gorrazos —continuó Tino en un tono más calmado.

—No seas bestia...

—¿Ha pasado algo? —preguntó tímidamente María, temerosa de que aquel contratiempo pudiera afectar a su familia, ya que su padre era Enrique, el alcalde.

—No, guapa, no te preocupes —la consoló Carmen—, rollos del pueblo, pero no pasa nada grave.

—Nada grave... —dijo sarcásticamente el padre de Vero—. Ya veremos si es grave o no.

Carmen, aprovechando que María seguía al cuidado de las niñas, salió con la excusa de ir al colmado. Los días comenzaban a alargarse, así que Tino, ante la ausencia de su esposa, se sentó en los escalones que daban acceso al pequeño huerto de detrás de la vivienda y engrasó con esmero su escopeta de caza.

Carmen compró un par de chorizos y unas patatas, y luego se dirigió a casa de su hermano Ángel, el médico del pueblo. Ángel era un hombre reposado, resolutivo e inteligente. Se trataba del único hermano de Carmen, su hermano mayor, y tenía un don para el vademécum pero ninguna habilidad con las mujeres. Quedarse soltero había sido, en realidad, una suerte para el pueblo, pues Ángel había dedicado su vida a la medicina, estaba disponible en cualquier momento y no le daba pereza acudir al domicilio que lo requiriera a la hora que fuese. Su larga barba se había encanecido con los años y su nuevo aspecto de Papá Noel le brindaba una apariencia aún más bondadosa.

Carmen había acudido a él antes de la cena porque tenía la urgencia de escuchar su opinión sobre el proyecto de hotel-viñedo-restaurante de los visitantes alemanes. Su marido era un hombre visceral e impulsivo, con poca cultura y una visión reducida de la vida. Y ella, a su vez, reconocía también sus limitaciones para realizar diagnósticos y configurarse opiniones certeras sobre ciertos conflictos y polémicas. Carmen era una mujer templada, algo temerosa y reacia a la confrontación.

Ángel y su hermana no comieron ni bebieron nada, simplemente se sentaron frente a la televisión apagada. Veían sus figuras reflejadas en la pantalla gris y convexa, una imagen distorsionada y cada vez más vaporosa a medida que la tarde penetraba en la estancia.

—Supongo que es ley de vida —argumentó el doctor—, no podemos pretender que las cosas no cambien, que no evolucionen. Si ahora la gente hace turismo para beber vino, pues tendremos que asumirlo, e incluso hasta le puede venir bien al pueblo. Yo lo que temo es que esto empeore la salud de Sagrario. No se habla de otra cosa en el pueblo, como tú ya sabes. Lo último que necesita son disgustos. Mañana iré a verla por la mañana.

La visita del médico al día siguiente consistió principalmente en una charla de consuelo respecto a las intenciones de los alemanes: «Las cosas van a ir bien», «No nos precipitemos», «Como este negocio nunca habrá nada». Sagrario le confesó a Ángel que sobre todo le preocupaban Lola y su hijo pequeño, que sufría parálisis cerebral. ¿Qué iba a ser de ellos si el nuevo hotel acababa con la pensión? Los futuros turistas, más sofisticados, no querrían alojarse en aquella vieja posada, sino que, sin duda, preferirían pasar sus días de vino caro y gastronomía refinada en un hotel con todo tipo de lujos como el que, con seguridad, construirían los alemanes y, quién sabe, quizá también otros emprendedores en el futuro. Sagrario temía que aquella competencia barriese su negocio, ese negocio que aspiraba a dejarles a sus hijos cuando falleciera. Los chicos ya no tenían padre. Solo les quedaba su madre y la hospedería, y ambos sustentos corrían serio peligro.

La visita de Ángel dio libertad a Lola para ver a su novio en el refugio de la montaña. Marc era la envidia de gran parte del pueblo. Había conquistado a la chica más bonita del valle, pero además contaba con ventaja. El chaval, de veintiocho años, cinco más que Lola, no solo era atractivo: alto, delgado, con media melena castaña y barba de surfista, sino que pertenecía a otro mundo diferente del rural. Nunca lo verbalizó, pero todos estaban convencidos de que provenía de una rica familia catalana. Llevaba casi dos años asentado a las afueras de Monte Nieves dedicándose a la apicultura, a tocar la guitarra, a pescar truchas con mosca y a abrillantar los cromados de su moto clásica. Un *pihippy*, un bohemio adornado de collares y pulseras con acento burgués pero amante de la libertad y la naturaleza, de los perros y los canutos.

Marc había viajado por todo el mundo. Una vez, alguien en el bar dijo que había averiguado que tenía una hija en Inglaterra, pero nadie se atrevió a preguntárselo. A pesar de su posible estatus social privilegiado, era un chico simpático al que Monte Nieves había enamorado casi tanto como Lola. Al principio su idea era acampar unos días en los alrededores del pueblo y luego proseguir su aventura pirenaica. Pero los besos de aquella veinteañera, el paisaje y el enclave de esa aldea a los pies de las altas montañas nevadas pospusieron unos días su marcha. Y luego unas semanas, y luego unos meses, y luego...

Marc se emborrachaba de vez en cuando con la parroquia del bar, pero le gustaba también mantener su independencia, su silencio y su yoga al sol. Se acomodó una cabaña de pastores y allí pasaba las noches con Lola, escuchando el viento de las cumbres descender en picado, oliendo la hierba y las incipientes lluvias. Después fumaban juntos marihuana y Marc la observaba de perfil, desnuda y tumbada a su lado en la cama, y le parecía que era otra cordillera nevada, el risco que de verdad ansiaba habitar.

Lola, por otra parte, no tardó en caer en las redes del catalán. La chica podría haber elegido a cualquier chaval del pueblo, pero un día Marc apareció por allí cabalgando una moto granate, con la melena al viento. Los pendientes le brillaban y también una dentadura como no se veía por los alrededores. Tenía una sonrisa cautivadora y hablaba de ecologismo y de espiritualidad, y había recorrido toda Europa sobre dos ruedas. Y, mientras todos en ese lugar tenían las manos frías, Marc le acarició la espalda con una antorcha.

—¿Qué va a pasar si mi madre se muere y los pocos huéspedes que vienen dejan de hacerlo? ¿Cómo voy a sacar adelante a mi hermano? La pensión está fatal, los grifos hacen ruido, las ventanas no aíslan bien... Haría falta una buena reforma para atraer a los nuevos visitantes y no tenemos dinero para hacerla —lloriqueaba Lola en los brazos de Marc.

—No te preocupes, Lola. Ese es el peor de los escenarios. Y, si todo eso sucede, pues nos iremos del pueblo, la vida no se acaba aquí. Hay muchos lugares y muchas formas de ganarse el pan, y juntos saldremos adelante. Yo conozco un montón de gente en mil sitios que nos puede ayudar.

Lola agradecía el consuelo, pero este era estéril. Suspiró sobre el pecho huesudo y moreno del chaval, que le servía de almohada.

—Tenemos que pararlo —determinó ella.

—¿Cómo?

—No sé. Estoy segura de que la mayoría del pueblo está en contra. Se van a cargar el espíritu del pueblo, este es un lugar tranquilo donde a veces vienen visitantes, pero no avalanchas de turistas pijos. Tendríamos que unirnos para evitarlo.

—Lo que tendríamos que hacer es hablar con el alcalde.

—Sí, tienes razón, eso será lo primero. Seguro que, si el Ayuntamiento se opone, el proyecto ese no puede salir adelante. Él también tiene que saber que es un error, y no solo para nosotros, sino para el pueblo entero, que se va a convertir en una modernez sin sentido. Ya les ha pasado a otros pueblos de la comarca, donde ahora todo son tiendas de souvenirs y montones de coches encima de las aceras.

Lola pudo oír cómo rugía la tripa de Marc: tenía hambre. El catalán no comía nada al levantarse, solo leche y una cucharada de aceite, y era a media mañana cuando le entraba un apetito voraz. Era increíble cómo no engordaba a pesar de ser uno de los chicos con más gula que había conocido nunca y, desde luego, el que mejor paladar tenía.

—Me vuelvo a casa, que quiero ayudar con la comida —zanjó ella.

—Tengo unas migas riquísimas.

—Tú sí que estás riquísimo —dijo Lola rompiendo el dramatismo.

Marc la abrazó y sintió su cuerpo suave y blanco, y se sorprendió por no haberle recordado antes a la cera de abeja.

2026

7

Cuando Vero abre los ojos no logra ver nada. Todo es oscuridad y silencio, como el espacio. Durante unos instantes no sabe dónde está, pero sí se siente descansada y segura. Luego recuerda que se halla en Monte Nieves, en la casa de su madre, en su casa, y esa realidad parece más extraña que cualquier sueño.

Son más de las diez de la mañana. Todavía nota en el cuerpo los estragos del viaje en moto. Llega hasta la cocina aún en pijama y con el jersey de ayer puesto, porque hace frío, y no encuentra allí a su madre. Se sienta unos segundos en el banco corrido de la mesa esperando que aparezca Carmen, pero no lo hace. Mira entonces por la ventana y la ve arrodillada en el huerto, trabajando la tierra con el pelo recogido en un destartalado moño incordiado por el viento. No quiere interrumpirla, así que se levanta a prepararse algo de desayuno. La nevera es pequeña y vieja, y emite un lejano aullido como de lobo enfermo. La palabra FRÍO del congelador tiene la F tachada con un rotulador negro. Vero lee RÍO justo antes de abrir la puerta del refrigerador, coger un brik de leche y servirse un buen vaso.

Mira en varios armarios en busca de Nescafé, sin éxito. Le da pereza hacerse café, pero necesita cafeína, así que finalmente pone en marcha una cafetera italiana y, mientras hierve el agua, corta un trozo de bizcocho y sale masticando al jardín.

El viento es más gélido de lo que parecía y el cielo está negro. Carmen oye el chirrido de la puerta.

—¡Buenos días, hija! Espera, ahora voy. No salgas, que te vas a congelar.

Ya de vuelta en la cocina, algo más templada gracias al café caliente que aromatiza la estancia, las dos mujeres se sientan a desayunar. Carmen se sirve una infusión y Vero no puede resistirse a confesarle a su madre que le encanta el bizcocho.

—Lo hago con las fresas que me has visto abonar.

—Me parece increíble.

—¿El qué?

—Que todavía cultives tus propias fresas. Y que no se te estropeen ningún año.

—¡Es muy fácil! —ríe Carmen—. No tiene ningún misterio. La verdad es que me encanta trabajar en el huerto, me entretiene mucho y se me pasa el tiempo volando. A ti de pequeña también te divertía.

—Pues creo que ahora sería incapaz de hacer crecer nada.

—¡Qué tontería! Si quieres, luego te enseño el truco para que no se congelen las fresas y te llevas unos esquejes a Madrid.

—No sé yo...

No hablan mucho más. Ya es un poco tarde, así que Vero se da una ducha con el hilo de agua que cae de la alcachofa. Está segura de que va a engordar algunos kilos durante su estancia en Monte Nieves, allí se acabaron las cenas con quinoa y los pokes.

Aterida, descorre la cortina algo enmohecida y echa de menos su casa como nunca desde que llegó. Se mira al espejo, observa el tatuaje de la serpiente alada enroscada en el pecho y su mirada sigue bajando hasta el vientre. Se convence de que ya está más gorda.

Madre e hija suben juntas al cementerio. Allí hay bastante gente arremolinada, parece ser que se van a llevar unos cuantos cadáveres a Monte Aurora, porque no todos caben en el pequeño depósito del camposanto de Monte Nieves. Además, alguno de ellos, como el de Tino, necesita ser guardado en una cámara frigorífica.

La Guardia Civil sigue tomando nota a los lugareños sobre sus familiares y el sitio donde estaban enterrados. Ya hay una máquina excavadora despejando la avalancha de tierra y varios operarios ordenando los escombros de la tapia oeste de los nichos. La escena recuerda a una película de terror, sobre todo cuando empiezan a oírse truenos en la lejanía. Los ataúdes, la mayor parte de ellos carcomidos y desvencijados, se amontonan en el depósito, donde alguien ha escrito a mano el nombre del difunto. Las lápidas y los cenotafios están dispersos a lo largo de la ladera. Rotos, volcados, semihundidos, parecen ruinas de una civilización antigua.

—¡Hola, Vero! —exclama Inés. Su vieja compañera de juegos se acerca sonriendo a la forastera—. Vaya lío se ha montado, ¿eh?

—Sí, la verdad es que sí —corrobora Vero.

—¿Qué ha pasado con tu padre?, ¿qué vais a hacer?

—No sé, ahora me enteraré mejor, pero creo que igual se lo llevan al depósito de Monte Aurora.

—Qué faena. Lo siento. Jo, es lo peor que te puede pasar, como si no fuese ya suficiente drama que se haya muerto como para que ahora también ocurra esto y no le podamos despedir.

Vero baja la cabeza y, por primera vez en los últimos dos días, siente lástima por su padre. Aunque quizá es su propia pena.

Se les acerca entonces una chica con un largo vestido gris.

—¡Es María! —le anuncia Inés a Vero.

María es diez años mayor que su hermana Inés, pero ahora parece que tengan la misma edad, no solo porque María se conserve bastante bien, sino porque, a ojos de Vero, Inés está ajada. María llega hasta donde están Vero y su hermana.

—¡Mira quién está aquí: Vero! —proclama Inés.

María casi no ha cambiado, solo que no es tan pelirroja como antes y tiene el pelo alisado y el rostro con menos pecas, como si la vida le hubiese dado un baño de luna. Pero es ella, es aquella chica querida que la cuidaba y la aconsejaba, es su mismo olor a vainilla el que envuelve a Vero cuando ambas se funden en un gran abrazo.

—Mi Veronita... —suspira María nada más apretar el cuerpo de la recién llegada, y luego cambia el gesto de ternura por el de fastidio y añade—: ¡Cuánto tiempo, cabrona! —Y las tres ríen.

El panteón de la familia de María e Inés también se ha derrumbado. Su padre, Enrique, sigue siendo el alcalde treinta años después de su primera investidura. Ahora tiene setenta y siete, cojea, no ve bien con un ojo y ya no puede comer chiretas, pero ahí continúa «dirigiendo el cotarro», como informa María a Vero.

—Se acaba de ir —cuenta Inés—. Está muy preocupado. Cómo debe de estarlo para decir que va a pedir ayuda a la Diputación.

—Preocupado y viejo —apuntilla María—, yo no sé ni cómo sigue con este lío, pero en fin...

La hermana de Inés acaricia el hombro puntiagudo de Vero y le da el pésame por la muerte de su padre. Vero fuerza una mueca de lamento. Tiene los pies congelados y ha empezado a chispear. De repente se fija en el medallón que cuelga del pecho de María y un escalofrío le recorre el cuerpo. Intenta contener la impresión, y su vista se pierde en el horizonte inquieta y desconcertada. Su zarabanda interior es interrumpida por la estruendosa llegada de un tercer coche de la Guardia Civil. Vero mira a su alrededor para localizar a su madre, a la que ve charlando con un tipo de unos cincuenta y tantos años que lleva un abrigo largo, casi calvo pero con muy buena planta. A Vero le suena aquel hombre.

—Te veo muy guapa —piropea María a Vero.

—Bueno, más vieja que guapa.

—¿Vieja? Tú no sabes lo que es estar vieja. Si alguna vez quieres saberlo, me lo preguntas.

Vero sonríe con ternura.

—Te he echado de menos —confiesa Vero.

—Y yo. No deberíamos habernos perdido la pista.

Ahora es Vero quien acaricia el hombro de su amiga.

—¿Te has casado? ¿Tienes hijos? —pregunta María.

—No, no, nada de eso, ninguna de las dos cosas.

—Pues mira que yo siempre te había imaginado con dos o tres niños. Cuando os juntabais Inés y tú, siempre querías jugar a las casitas y ser la madre de un montón de muñecas.

—Ya, no sé... La vida...

—Sí, claro, bueno... —resuelve María al comprobar que está incomodando a Vero—, pero ¿te va bien? ¿Estás contenta?

—Claro, claro, sí. Sí, sí, todo me va bien. Todos los aviones bien aparcados y en orden.

Las tres chicas ríen.

—Una pregunta... —incide Vero—. ¿Quién es el hombre aquel del abrigo largo que está hablando con mi madre? Me suena mucho.

—Es Nicolás, el cura de cuando éramos pequeñas —responde Inés.

—¡Ah, claro! Hay una foto de mi comunión en casa de mi madre en la que salgo con él —rememora Vero.

—No sé a qué habrá venido, hace años que se marchó del pueblo. Dicen que lo echó mi padre, pero él lo niega. Creo que ahora vive en Monte Aurora —explica Inés.

—Esperad un segundo —espeta María como un autómata y sin retirar la mirada de Nicolás. La chica abandona a Vero y a su hermana y se acerca a donde están Carmen y el cura. Vero comprueba cómo Nicolás se turba al ver a María. Los dos, enseguida, tras darse un par de besos, abandonan a Carmen y se retiran a hablar.

Carmen se acerca a Vero y a Inés, que ya se han refugiado de la lluvia bajo el voladizo del depósito.

—Me dicen que hasta el lunes no vendrá Protección Civil a poner orden en todo esto —anuncia Carmen.

—Pues yo me voy mañana, mamá, trabajo el lunes —sentencia Vero.

—Pero, hija, no puedes irte, tienes que enterrar a tu padre. Esto va lento, ya sabes cómo son los pueblos. ¿No puedes pedirte algunos días?

—Seguro que el lunes está resuelto, los fines de semana todo se para. Además, para la semana que viene no dan lluvias —apuntala Inés.

Vero duda. Quiere regresar ya a casa, pero, por otro lado, no ha cerrado el propósito de su visita.

—Estaría guay que te quedaras —remata Inés con un tono cariñoso mientras aprieta el brazo de su antigua amiga.

—Te hago ternasco —promete su madre.

—Bueno, ya veremos —replica Vero dudosa.

Piensa en Eva y la echa de menos. Es cierto que tiene algunos días libres pendientes en el trabajo y que debe consumirlos antes de fin de año. Pero decide no tomar, de momento, ninguna determinación. Aún es sábado.

Del sábado queda menos de lo que pensaba Vero. Anochece muy pronto en Monte Nieves, el invierno se ha recrudecido y caen algunos copos de aguanieve. Vero ayuda a su madre a cortar verduras para hacer una ensalada y luego parten varias clases de embutido que acompañarán con una hogaza de pan.

Después de cenar, Vero propone ver la tele, porque es todavía demasiado temprano para irse a la cama. Carmen anuncia que el aparato está roto, pero que pueden jugar a las cartas o a algún juego de mesa que aún guarda en el armario del salón. Para Vero es obvio que su madre quiere prolongar el momento de intimidad entre ambas. No le apetece nada el plan, aunque cede conmovida por la voluntad de su madre de pasar tiempo juntas aun jugando a la oca.

Finalmente eligen el *¿Quién es quién?*, un juego al que solían retarse, pero al que le falta uno de los personajes. A pesar de no estar completo, se ríen jugando cerca de la chimenea. Y Vero, mientras va adivinando el sujeto del rival, también empieza a cuestionarse quién es quién y, sobre todo, quién es ella. La Verónica que fue niña en Monte Nieves, incluso la adolescente que se marchó para siempre a Madrid, no se parece en nada a quien es ella en la actualidad. ¿Qué ha pasado?, ¿qué pasó? Ya no le gustan los perros, ya no le interesa la jardinería, ya no le gustan los chicos…

—Mamá, ¿por qué está cerrada mi habitación?

—Te lo dije, ahí tenemos trastos viejos, ya no hay nada que te pueda interesar.

—¿Por qué no? Era mi habitación de niña.

—Por eso.

—¿Qué quieres decir?

—Que ya no eres una niña.

Vero se queda desconcertada ante la tajante obviedad que acaba de decir su madre.

—Sí, mamá, pero yo allí recuerdo que tenía mis muñecos y mis pinturas y un…

—Ya no queda nada, Verónica.

—¿Lo tiraste todo?

—No.

—¿Entonces?

—Lo que no queda es nada de la niña que vivía allí.

8

Inés acompaña a Vero a ver a Enrique. La recién llegada confía en convencer al hombre de que agilice los trámites o de que, al menos, le dé alguna información sobre cuándo podría realizarse el enterramiento de su padre. El miércoles ha de estar de vuelta en Madrid para acudir a las pruebas médicas con Eva.

El padre de Inés las recibe en su casa. Un lugar detenido en el tiempo, con muebles de los años setenta, platos de cerámica colgados en las paredes y olor a alfombra vieja y a ceniza. Don Enrique está sentado en su sofá de tela verde y gastada. Se ha engominado los pocos pelos que le restan en el cráneo. A Inés la trata con cariño y también a Vero, pero es incapaz de ofrecer ningún dato aclaratorio sobre el asunto.

—¿Y qué pasa con la Guardia Civil? —pregunta Vero—. Me dijo mi madre que habían encontrado algo raro en el ataúd del alemán. ¿Va a retrasar eso mucho las cosas?

Enrique reitera su deseo de que el cementerio recupere la normalidad cuanto antes y las informa de que se le hace tarde para ir a almorzar con unos amigos.

Vero rechaza la invitación de Inés a comer en su casa, así que se separan en la plaza del pueblo. Antes de regresar con su madre, se enciende un cigarrillo y camina lo más despacio que puede, como a cámara lenta, tan poco a poco que parece estar detenida en un escenario en movimiento. Entra en el bar. Le apetece tomarse una copa de vino que prenda el cuerpo y anestesie la mente.

El local ha sido reformado, han intentado darle un aire de *wine-bar* sofisticado y, sin embargo, lo que han conseguido ha sido acabar con el encanto del bar de pueblo y convertirlo en un cutre y pretencioso espacio con somontanos baratos.

Vero se acoda en la barra y pide una copa «del mejor blanco que tengas». Ya con el vaso en la mano, llama a Eva, pero esta no lo coge. Se quita la chaqueta de cuero y se remanga dejando al aire los tatuajes de los brazos. Clava sus botas de motorista en la barra de metal, que vuela a diez centímetros del suelo circundando el mostrador.

Ve entonces en la otra esquina a una guardia civil guapa y bajita de unos veintiséis o veintisiete años, diez menos que ella. Lleva el pelo rubio ensortijado en una trenza, con la gorra puesta. Tiene la belleza ruda de las chicas de pueblo: la mandíbula prominente, una barbilla partida con un hoyuelo y los ojos pequeños, entoldados por unas cejas muy pobladas. Está tomándose una cerveza sin alcohol y un pincho de tortilla.

Vero se acerca a ella.

—Hola —le dice.

—Hola.

—No quería molestarte, es solo un segundo, por si me podías decir cuándo crees que se va a poder enterrar de nuevo a los muertos. Es que mi padre murió hace tres días y está en el depósito.

—Vaya, lo siento —exclama la chica con una voz más profunda de la esperada.

—Gracias.

—Verás, no lo sé, eso va a depender de Protección Civil. Nosotros estamos ayudando en lo que podemos, pero no llevamos la dirección de las operaciones.

—Estáis aquí por lo del cadáver del alemán, ¿no?

La guardia civil se queda sorprendida. Le da un sorbo a su cerveza de mentira.

—Vaya, cómo corren las noticias en los pueblos.

—Esta es una de las mejores y de las peores cosas de los pueblos.

—Eso es verdad. Tú no pareces de aquí.

—¿No? ¿De dónde parezco? —pregunta Vero con un tono que suena levemente a flirteo.

—De una novela de Stieg Larsson.

Ahora es Vero la que se queda sorprendida por la referencia y empieza a comprender que tiene excesivos prejuicios sobre la gente de Monte Nieves.

—¿Qué ha pasado con el alemán? —dispara Vero sin contemplaciones.

La agente enmudece un segundo y le clava los diminutos ojos verdes.

—Creo que no estoy autorizada a darte esa información.

—Ah, ¿no? ¿Por qué?

—Podría decírtelo, pero luego tendría que matarte.

Vero se queda por un instante desconcertada, pero luego ríe la broma.

—Bueno, te lo diré porque a ti también te afecta todo este retraso, pero, por favor, no lo comentes por ahí.

—Hecho.

—El alemán se supone que murió hace treinta años de un infarto. Pero en realidad lo hizo de un disparo.

Vero se queda paralizada. Le parece impropio de su pueblo un crimen así y su misterio.

—A ver si de verdad vamos a estar todos en una novela de Stieg Larsson —dice Vero. La guardia civil sonríe con un gesto bonito que realza aún más su juventud—. ¿Eso va a ralentizar mucho las cosas? —añade.

—No lo creo. El crimen ya ha prescrito, pero de momento hemos recibido órdenes de no tocar nada hasta que haga un informe Comandancia.

—Bueno, gracias por la información.

—De nada.

Vero se aleja hasta su lugar en la barra. Da un largo trago de vino, apoya la espalda en la madera y observa la concurrida y variopinta parroquia a la hora del aperitivo. Le apetece seguir bebiendo, emborracharse un poco, la aburre sobremanera la idea de volver a casa con su madre. Querría coger la moto y largarse.

—¿Me pones otra copa, por favor?

Mira de reojo a la guardia civil, cuya pareja en el cuerpo acaba de llegar. Es un tipo mayor y con demasiada barriga como para luchar ágilmente por el bien. Vero se acaba su segunda copa de vino en tres tragos.

—Hasta luego, suerte con la investigación.

—A ver qué tal. En realidad, no he leído los libros, solo he visto las películas.

La chica sonríe con su mueca bonita y Vero también la copia sin querer. Luego se vuelve a tapar los brazos con la camisa, se pone su chupa negra y abandona el bar pensando que debería haberse lavado el pelo.

1995

9

No tardaron en comenzar las obras. Bulldozers y excavadoras horadaban la falda de la montaña a las afueras de Monte Nieves. El alcalde había dado la licencia para la plantación de viñedos, una bodega y un pequeño restaurante. Tenía pendiente aprobar la iniciativa más controvertida: el hotel. En cualquier caso, los Fischer ya disponían de sus tierras y escarbaban en los cimientos del valle a la vez que construían una edificación de dos plantas donde albergarían sus estancias y el bar-restaurante.

Llamaba la atención de la gente del pueblo el secretismo con el que estaban procediendo. Altas vallas con telas verdes y opacas rodeaban el recinto en cuyo suelo se trabajaba para la implantación de las viñas. Camiones con maquinaria pesada mostraban sus credenciales a un par de guardias privados que custodiaban la entrada a aquella zona escombrada y ruidosa.

Joaquín era profesor en el colegio de Monte Nieves y daba clases a Vero e Inés. Durante casi una década impartió Ciencias Naturales en la capital de la provincia, pero hacía cuatro cursos que se dedicaba a enseñar todo tipo de asignaturas a los niños de primero de Primaria. El hombre había cumplido cuarenta y cuatro años, pero aparentaba más. Era calvo y tenía una cara estirada y poco agraciada adornada con una larga barba castaña. Se trataba de un señor tímido al que, sin embargo, le gustaba estar rodeado de gente. Profesionalmente era muy responsable y admirado, aunque le costaba hacer amigos. No tenía pareja ni hijos. La gente del pueblo sentía respeto y algo de lástima por el maestro, pues se reflejaba cierta angustia interior en él, quizá debida a alguna tragedia, a alguna culpa, pero nunca nadie se atrevió a preguntarle. Joaquín era muy religioso y de espíritu pacifista; sin embargo, a veces, ante situaciones de tensión, actuaba de manera impulsiva. No parecía tener mucha tolerancia al estrés y eso le hacía algo impredecible y, en consecuencia, poco fiable a pesar de su inteligencia.

Ya se había sentido algún temblor en el pueblo debido a las obras de los alemanes, y Joaquín estaba convencido de que aquel proyecto acabaría con el enclave. Y no iba a permitirlo. Había tomado la determinación de luchar contra aquel atropello medioambiental. Y así se lo contaba a Fran. El chico tenía diez años menos que Joaquín, pero su boca enmarcada en una perilla y su altura mal gobernada, como de adolescente, le hacían parecer más joven de lo que era. Fran escribía en *La Gaceta del Valle*, una publicación quincenal que narraba la actualidad de Monte Nieves, Monte Aurora, Monte Cristina y Monte Ana.

—Tienes que escribir sobre esto, hay que utilizar el poder de la prensa para pararlo. Se están cargando todo el perfil del valle, han talado varios fresnos y han arrasado con todos los avellanos de la vertiente. Estoy seguro de que no han solicitado licencia para hacerlo, y a saber el daño que están ocasionándole también a la fauna. Además, esos temblores no son normales, algo raro está pasando. Hay que contarlo, Fran, hacer ruido, que la gente lo sepa, y que se entere la provincia entera.

—El problema es que no tengo mucho que decir más allá de lo que sabemos. He intentado entrar a ver las obras y no me han dejado. También he pedido hablar con el alemán y tampoco lo he logrado.

—Hay algo chungo ahí, te lo digo yo. No nos han contado toda la verdad. No sé qué están haciendo detrás de esas vallas, pero no se trata de vino. ¿Tú has visto las máquinas extrañas que están llevando? Eso no es para construir un bar y una bodega.

Los dos conversaban en la cantina de la plaza. Era la primera vez que se sentaban en una terraza en todo el año. Habían aprovechado un archipiélago de sol para tomarse una cerveza y planear cómo defenderse.

—Todavía estamos a tiempo de que el alcalde no dé la licencia del hotel. Tenemos que hacer presión, primero con toda la gente del pueblo que podamos y luego con instancias superiores —argüía el profesor.

—El alcalde está comprado. No va a ser fácil.

—Tienes que investigar, saber qué pasa. Seguro que están cometiendo alguna irregularidad, hay que pillarlos por ahí.

—Sí, lo intentaré. Ya me estoy moviendo. Sobre todo por Lola, porque, como hagan el hotel ese, la pobre va a estar jodida.

—Menos mal que tiene al rico de su novio.

—Menudo gilipollas. Esta es su excusa perfecta para llevársela del pueblo. ¡Que se vaya con su motito de mierda a ligarse turistas a Saint-Tropez!

Luego el sol se extinguió y Fran y Joaquín miraron al cielo como si se hubiera fundido un foco, intentando responsabilizar a alguien del súbito apagón astral.

Marc llegó con su moto de hacer unas compras en Monte Aurora. En cuanto desmontó y se quitó el casco percibió un olor extraño, como a gas. Caminó hacia su cabaña mosqueado, abrió la puerta y se cercioró de que la cocina no estaba encendida. Revisó también las dos estancias que componían su pequeña residencia en el bosque, buscando el motivo de aquel enrarecido aroma. No encontró nada.

Salió fuera y se dirigió a las colmenas. Vio entonces a las abejas moribundas, muchas de ellas inertes en el suelo, otras zumbando débiles y erráticas. Ya presagió que los temblores que de vez en cuando sacudían el pueblo podían desestabilizar los panales y la dinámica de los insectos, pero ahora era el vapor contaminante lo que estaba acabando con las colmenas.

Maldijo en voz alta, pateó el suelo y se retiró el pelo largo de la frente con ambas manos mientras observaba desesperado y enfurecido el exterminio. Se sintió impotente ante la agonía de unas abejas a cuyo cuidado había dedicado infinidad de horas, unos insectos que eran para él una lección de comunidad más que una fábrica de miel.

Volvió a la moto, se puso el casco brillante y giró el puño para dirigirse a toda velocidad y casi temerariamente hacia las empalizadas.

En la puerta del recinto, los guardias de seguridad le impidieron la entrada. En sus uniformes vio que pertenecían a una empresa alemana. Marc no se dio por vencido, así que volvió a coger la moto y recorrió el perímetro vallado buscando un punto débil, una falla en la seguridad para colarse y no solo ver qué estaba pasando en el interior, sino también hablar con Robert y explicarle el desastre que estaba causando su proyecto.

Encontró un pequeño agujero entre el suelo y la alambrada y consiguió infiltrarse. Allí dentro el olor a gas era más intenso. Observó unos contenedores cargados de semillas y pudo apreciar los surcos que cobijarían las vides. Pero además vio una enorme aguja de acero perforando el suelo. Dio unos pasos para acercarse cuando alguien le gritó que se detuviera. Era un tipo de seguridad con un uniforme distinto al que llevaban los guardias de la puerta.

—Abandone inmediatamente el recinto —le exigió el guardián con acento alemán mientras posaba su mano en la culata de una pistola sujeta al cinto.

10

Sagrario entró despacio y arrastrando los pies en la iglesia románica de Monte Nieves. Cruzó su umbral con esfuerzo y tambaleándose como un náufrago. La mujer tenía la piel casi transparente. Sus venas parecían mermados afluentes, sus uñas habían perdido su brillo y los labios secos comenzaban a llagarse.

Nicolás, el cura, hacía tan solo una semana que no la veía, pero apreció un deterioro flagrante y estremecedor. La dueña de la pensión se ayudó de un bastón para aproximarse al altar presidido por el fresco de la Virgen en ascensión. El párroco salió a su encuentro. No había nadie más en el templo, era temprano aún para la misa de doce.

—Sagrario, siéntese, siéntese.

Los dos tomaron asiento en uno de los bancos, casi a la mitad de la nave. Nicolás se percató de que Sagrario no hacía ruido al andar ni al sentarse, apenas al hablar. Era ya casi un espíritu, una sombra. El cura cogió sus manos de papel y la miró a los ojos huidos.

Nicolás tenía veinticinco años. Llevaba solo un año a cargo de la parroquia de Monte Nieves tras sustituir a su octogenario cura recién fallecido. Su llegada causó sensación, especialmente entre las chicas.

El día de su primera homilía, con la iglesia llena como hacía tiempo que no sucedía, quiso presentarse a los fieles. Contó que venía de un pequeño pueblo extremeño y que su conversión se debió a un terrible suceso. Cuando apenas tenía trece años, sus padres murieron en un accidente de coche en el que también viajaba su hermano menor. Aquel niño estuvo debatiéndose casi dos semanas entre la vida y la muerte. El futuro párroco rezó entonces compulsivamente junto con sus abuelos por la salvación del pequeño. Nicolás, en aquellas oraciones, le prometió a Dios que se entregaría a él si obraba el milagro de impedir que la muerte se llevase al chiquillo. Y el Señor se lo concedió. Así que desde entonces había consagrado su vida a la religión, primero por agradecimiento, luego por devoción y finalmente por convicción. De lo que no habló Nicolás aquella mañana delante de sus nuevos feligreses fue de las crisis de fe sufridas desde entonces, de cómo se había tambaleado en varias ocasiones por la cornisa del pecado.

—Voy a morirme, padre.

Silencio.

—No me importa. Ya no me importa, lo he asumido. Estaré con Dios pronto y... yo lo siento por mis hijos. Todavía les hago falta, especialmente al pequeño. Sabe usted que tiene una parálisis cerebral. Tampoco sé qué va a ser de Lola cuando yo no esté, pero, sobre todo, si al final debe cerrar la pensión.

—Eso no tiene por qué pasar.

—Ya sabíamos todos que la paz de Monte Nieves no iba a durar siempre —prosiguió sin considerar el comentario del cura—. Hasta ahora estábamos tranquilos a pesar de los adosados del embalse. Pero tarde o temprano esto se va a convertir en una especie de Monte Aurora y ahora con los alemanes no...

La mujer tuvo que interrumpir su perorata para recuperar el aliento. Nicolás hacía esfuerzos por entender las palabras levemente prendidas en su hilo de voz.

—Sagrario, no se preocupe, solo Dios sabe lo que acabará pasando con toda esta historia. Intentemos mantenernos unidos, recemos, que después Dios proveerá. Lola es una chica lista, espabilada y trabajadora, saldrá adelante y...

—¿De qué va a vivir si tenemos que cerrar? Lola es una niña, no sabe hacer otra cosa. En realidad, no ha hecho otra cosa en su vida más que ayudarme en la pensión, sobre todo desde que murió su padre. Y el chiquitín...

Sagrario rompió a llorar. Su quejido era afónico, esquelético, parecía el lamento de un cachorro. Nicolás la abrazó, y al hacerlo sintió su osamenta frágil y escasa, y olió su perfume a final.

—Sagrario, le prometo que haré lo posible para que las cosas no cambien y, por supuesto, sabe que puede contar conmigo y con Dios, la casa del Señor siempre está abierta.

La anciana ya no volvió a hablar. Parecía como si hubiera consumido toda la energía disponible. Se levantó con esfuerzo, miró a los ojos de la Virgen María, que a su vez miraba al cielo mientras ascendía hacia la gloria divina. Se santiguó, dio media vuelta y, cuando Nicolás la vio caminar hacia la luz de la puerta de la iglesia abierta, era en verdad como si lo hiciese hacia el resplandor celestial y eterno.

Esa misma tarde Nicolás acudió al ayuntamiento para hablar con el alcalde. Esperó veinte minutos, pero finalmente la secretaria le comunicó que su jefe había organizado una reunión de urgencia que le impediría atenderle. El cura entendió la evasiva de don Enrique, quien no solo rehuía el encuentro, sino que además le había hecho esperar casi media hora dándole una lección, advirtiéndole de que no interfiriese en sus decisiones.

El pueblo era un clamor. Los lugareños se arremolinaban en los bares y los bancos, así como en las terrazas y las esquinas, para debatir qué consecuencias traería la iniciativa de los alemanes. Con los días, algunas de las primeras críticas se aplacaron. Cada vez más gente comenzó a pensar en los beneficios del proyecto y a augurar prosperidad para un pueblo que cada vez se quedaba más rezagado con respecto a sus vecinos y cuya despoblación era evidente y paulatina. El enoturismo (un término que ya utilizaban algunos montenevinos), en lugar de una tendencia impostada y esnob, podía resultar una ecológica y no excesivamente intrusiva fórmula de ganar visitantes, turistas respetuosos y amantes del medioambiente. Quizá fuese Monte Nieves un experimento para el cultivo de vinos de alta montaña, el empujón para el establecimiento de un nuevo negocio en la comarca, un pueblecito pionero en desarrollo sostenible.

A la salida del ayuntamiento, Nicolás se encontró con Fran, el gacetillero. El cura le contó la visita frustrada al alcalde y la desesperación de Sagrario.

—Olvídate del alcalde —recomendó Fran—, está comprado por los alemanes. Esos hijos de puta también han untado al mafioso de Severiano, al que quieren seguir comprándole tierras, y dicen que hasta tienen conexiones en Madrid. He estado averiguando cosas. Mañana sale publicado un artículo en *La Gaceta*.

—¡¿No habrás contado todo esto?!

—No, no soy tan tonto. No me quiero meter en líos, al menos en más líos de los que ya tenemos todos.

—En realidad, no sé qué puedo hacer aparte de rezar y consolar a quien me lo pida.

—Yo no creo que consiga mucho con mi artículo, pero espero que le meta un poco de presión al alcalde.

—Pero, si está comprado, como dices, ya no se va a echar atrás.

—No, pero todavía le queda aprobar o denegar la licencia del hotel. Y tanta maquinaria pesada, tanto secretismo, tantos guardias y tanto temblor... No tengo yo muy claro que lo que estén construyendo sea un cultivo y un restaurantito.

—Estuve el otro día tocando la guitarra con Marc y me dijo que se le habían muerto las abejas.

—Que se joda.

—¡Fran!

—Perdón, padre.

—Hace dos días me contó un feligrés que había visto flotando alguna trucha en el río.

—Esto es un desastre, nos van a acabar envenenando a todos.

Los días se estaban alargando, y por eso Fran y el cura hablaban en la calle, sin necesidad de refugiarse en un bar o una casa. Comenzaron a caminar hacia la plaza, Fran con su estatura cimbreante y Nicolás con su uniforme religioso, que estilizaba aún más su figura atlética.

—Marc me dijo que intentaría hablar con el alcalde, que había visto algo que daba miedo detrás de las vallas —reveló el cura.

—No va a recibirlo.

—Bueno, a lo mejor...

—No va a recibirnos a ninguno.

—Pues entonces no sé quién lo podrá convencer.

—Su hija, María —concluyó Fran iluminado por su hallazgo—. Hay que hablar con ella y explicarle lo desastroso que es el proyecto para todos. Que ella lo convenza, es la única a la que va a escuchar. A ver si así podemos parar la licencia del hotel y quizá, no sé, deshacer lo que quiera que estén tramando ahí arriba.

Nicolás se detuvo a la altura de la fuente. Parecía buena idea la del periodista, aunque le daba algo de reparo utilizar como herramienta a una niña de dieciséis años.

—Habla con ella —dictaminó Fran.

—¿Yo?

—Sí, tú, así va a ser mucho más efectivo. Tú hablas bien, y ella es una chica que, además, va a la iglesia, te respeta, te valora y te admira. Tú tienes más influencia sobre ella que ninguno de nosotros. Unes la autoridad del predicador con la cercanía de la edad.

—Pero si le saco diez años.

—Estamos en tus manos, padre —concluyó dramáticamente Fran antes de seguir andando hasta la plaza mientras el cura permanecía estático y hermoso junto a la fuente.

Al día siguiente Nicolás esperó al final de la homilía para hablar con María. Habían establecido contacto visual durante toda la ceremonia. El cura comprobó cómo la chica se ruborizaba cuando conectaban sus pupilas, aunque las llamadas de atención visuales del párroco solo pretendían, sutilmente, decirle a María que no se marchase al finalizar la misa.

—María, ¿tienes un segundito? —le inquirió el cura al término de la ceremonia.

Ambos jóvenes se quedaron en una de las esquinas del crucero. La iglesia ya estaba de nuevo en silencio.

—Verás —se arrancó Nicolás—, no quiero... A ver, es por el tema del hostal y el viñedo. Yo te hablo en nombre de parte del pueblo, de algunas personas que, como sabrás, no están muy de acuerdo con lo que están construyendo.

—Ya —pronunció la adolescente con timidez.

—Yo no sé si es bueno o malo, pero lo que queremos es hablar con tu padre, que nos cuente mejor cómo es el proyecto. Lo que pasa es que no nos recibe. Nos gustaría poder debatir las cosas, hablar, simplemente hablar.

—Ya, le entiendo, padre.

—Ya, te entiendo, Nicolás —la corrigió el cura con humor.

La chica sonrió.

—Igual deberíamos tener esta conversación fuera de la iglesia y yo sin alzacuellos. Te hablo como un lugareño más de Monte Nieves, no como el cura del pueblo.

—Vale.

—Pues es eso, que te quería pedir, te queríamos pedir, que le dijeses a tu padre que nos atienda, que nos escuche, y que a la vez él nos diga por qué está permitiendo todo esto.

—Nunca le he visto sin alzacuellos —comentó la chica con la timidez súbitamente superada y sin prestar mucha atención al argumento del cura.

—Bueno, ya has dejado de llamarme «padre», ahora te falta tutearme.

—Vale, lo que tú digas —añadió la chica forzando un «tú» en la frase.

Ambos rieron.

—Muy bien. Como si no hubiese iglesia ni alzacuellos —subrayó él.

—Mejor así.

Luego se miraron con complicidad.

—Vale, hablaré con mi padre, lo intentaré. Yo no me quiero meter mucho en estas cosas…

—Ya, ya, lo entiendo —la interrumpió el párroco apurado.

—Pero creo que está bien y es justo que lo que afecta al pueblo se discuta.

—Me alegro de que también lo veas así. Lo has expresado muy bien.

Ahora María se ruborizó y las pecas casi desaparecieron en un fondo de fuego.

—Ya te diré algo —concluyó ella.

—Perfecto, muchas gracias.

La chica miró al suelo y luego se dio media vuelta. Comenzó a caminar hacia la salida del templo. El cura seguía observándola cuando ella se volvió para decir:

—Hasta luego, Nicolás.

2026

11

Esta vez no duerme bien. Se levanta temprano y nota que la casa está helada. Caen algunos copos de nieve, señal de que ya está aquí el duro invierno. Vero se calienta las manos con la taza de café y, sigilosa, se acerca a la puerta cerrada de la habitación de su madre. Le ha parecido escucharla. Son gemidos lo que percibe al otro lado. Carmen llorando a escondidas en su cuarto como una adolescente, probablemente para proteger a su hija de su propio drama, para no avivar el compartido. A Vero le estremece el sufrimiento de su progenitora, sus lágrimas silenciadas por la almohada. ¿Por qué no la quiso más? ¿Por qué no se quisieron más? ¿Qué pasó? ¿Qué les sucedió?

Sentada en la cocina, Vero llama a su trabajo y pide toda la semana libre. Gasta todos sus días festivos, pues ya anticipa que la resolución del enterramiento no es inminente. Pero lo que la agobia no es haberse quedado sin días libres para las Navidades, sino decirle a Eva que no regresará a tiempo para la consulta médica ni volverán a verse, muy probablemente, hasta el fin de semana siguiente.

—¿Cómo está mi guapa pueblerina? —pregunta Eva nada más descolgar.

—Bien, bien, pasando frío.

—Es lo que tiene largarse a un pueblo entre montañas nevadas.

—Ya no están tan nevadas, no te creas, me parece que la nieve lleva derritiéndose treinta años.

—Para el frío debe de ser también duro no verte.

Vero ríe ante el cariñoso comentario de su novia.

—¿Todo solucionado ya? —inquiere Eva.

—Qué va, más quisiera. Esto es un horror. Ahora dicen que tiene que venir Protección Civil. Y a mi padre se lo han llevado a un depósito en el pueblo de al lado.

—Joder, vaya movida. Entonces...

—Pues lo siento un montón, pero no voy a poder volver para lo del miércoles. Llama y pide que nos aplacen la cita.

—Pero, Vero..., han tardado meses en hacernos un hueco, y además nos van a cobrar igual aunque no vayamos, no me puedo creer que...

—No te preocupes, yo lo pago.

—Sí que me preocupo y me da igual que tú lo pagues. Lo que me preocupa es que alarguemos esto más, joder. Habíamos tomado una decisión. Esto hay que hacerlo ya, se nos pasa todo.

—A mí no se me pasa nada.

—Sí, a ti sí que se te pasa. Es a ti a la que se le pasa, ¿no te das cuenta?

—No seas injusta, no puedo enterrar a mi padre.

—Pues te vienes, concebimos un hijo y luego te vas a enterrarlo, cuando se pueda, porque a lo mejor importan más los nacimientos que las muertes.

Vero se queda callada. Siente como un reproche abusivo la frase de Eva. La encuentra egoísta y, de repente, la percibe más lejana que nunca.

—Volveré cuando pueda, cuando despida a mi padre.

—Muy bien —replica Eva con sequedad—, dile adiós de mi parte.

Vero cuelga cabreada. Deja el teléfono sobre la mesa de madera. Contempla la foto sonriente de su novia con media cara tapada por el viento de la playa de Bolonia. Por un lado, le punza la culpa y, por otro, se reconoce injustamente tratada. Ahora la urgencia que plantea su novia le resulta agobiante. Quizá la lentitud del tiempo en los pueblos se ha asentado también en ella. Estos días en Monte Nieves están suponiendo un remanso, no necesariamente un estanque emocional, pues en su interior se están agitando numerosos e insospechados sentimientos, pero la rutina aldeana es calmada en comparación con la marejada de su vida madrileña. Oye la voz quejosa y demandante de Eva y le suena desconcertantemente remota.

Vero golpea con el índice la pantalla del móvil para recuperar la foto de Eva. Se queda un par de segundos mirándola, y luego dice «idiota» antes de empujar el aparato hasta el otro lado de la mesa.

—¿Qué pasa? —pregunta Carmen desde el quicio de la puerta de la cocina. Vero se sobresalta. Su madre, con la cara hinchada por el llanto y la bata rosa, parece una Virgen andaluza.

—Nada, mamá.

Vero piensa que, si su madre no ha querido compartir con ella su drama por la muerte de su marido, tampoco va ella a entristecerla con sus problemas sentimentales. Además, sabe que Carmen no va a estar cómoda ni de su lado en el tema de sus amores, y menos aún tratando asuntos de concepción.

—¿La novia? —se atreve Carmen.

Vero la mira asombrada. Suena algo despectivo el tono de la pregunta y amaga con evitar la contestación, pero, por otro lado, aprecia la valentía de su madre a la hora de encarar una materia delicada.

—Sí, mamá, la novia.

—Qué difíciles son las relaciones, ¿verdad?

Vero vuelve a quedarse callada. Su madre le habla ahora de espaldas, mientras se prepara el desayuno. No sabe cómo interpretar los comentarios.

—Tu padre era un cabezota, no era fácil razonar con él, no se le podía llevar la contraria. Era un elefante en una cacharrería y la cacharrería era la vida.

—Joder, mamá, qué poeta.

Las dos ríen.

—¡Está nevando! —descubre Carmen—. ¡Vamos, ayúdame a tapar las fresas, que se van a perder!

—¿Ahora?

La madre de Vero ni responde; se abrocha mejor la bata y sale al huerto trasero al que da la puerta de la cocina. Vero la sigue con pereza y fastidio. Ambas estiran un plástico transparente que cubre las plantas con los diminutos frutos.

—Espera —suelta Vero.

Su madre observa anonadada cómo su hija se arrodilla en la tierra húmeda para asegurar bien el plástico con algunas piedras. Arremolina con mimo la arena para achicar el frío, dobla con sumo cuidado alguna rama que acaba apoyando en la lona impermeable, y hasta palpa con la yema de los dedos una fresa para calibrar el grado de congelación sufrido hasta ese momento.

Carmen está a punto de hacer un comentario, de admirar su esmero por unas plantas que su hija había confesado que le eran ajenas. Sin embargo, guarda con cariño su grata sorpresa pues teme marchitar el momento.

Ambas vuelven a la cocina, que las acoge como un refugio antiaéreo.

—Gracias, hija.

—De nada, mamá. Esas fresas no se pueden perder.

—¿Te acuerdas del pastel de fresas que te hacía cuando eras pequeña?

—No... No me acuerdo del todo.

—¿No?, pues te encantaba. Muchas mañanas no había quien te levantase para ir al colegio hasta que te recordaba que había pastel de fresas para desayunar.

—La verdad es que me gustaría acordarme de muchas más cosas.

Carmen friega los platos y Vero se levanta del banco para ponerse a su lado e ir secándolos. Al hacerlo, puede oler el suavizante de la bata de su madre, el mismo aroma prendido en las sábanas y la almohada con la que estuvo sofocando el llanto.

—¿Tienes miedo de olvidarte de cosas de papá?

Carmen mira asombrada a su hija por la intimidad de la pregunta.

—No sé, hija... Ahora casi lo que me da más miedo es no dejar de acordarme de él todo el tiempo.

—Yo tengo agujeros negros en mi memoria. Pienso que no es que haya olvidado cosas de mi infancia, es que nunca las supe. No sé, es una sensación rara.

—Bueno, a veces...

—Tiene que haber una explicación.

A Carmen se le resbala un plato que se parte por la mitad contra el fregadero.

—Mamá, a lo mejor puedes ayudarme —suplica Vero sin prestar atención al incidente.

—¿Yo, hija? No sé... No sé muy bien a qué te refieres.

—Tengo un borrón en la cabeza. Apenas me acuerdo de nada de cuando era pequeña, parece que mi vida empezó a los doce años.

Carmen se queda en silencio, recoge los dos trozos del plato y los une, como si juntando las dos mitades fuesen a soldarse.

—A los doce te fuiste a Madrid a vivir con el tío Ángel y...

—No me fui, me mandasteis a vivir con el tío Ángel. Y la verdad es que nunca he sabido bien por qué.

Carmen se pone seria y calibra con cuidado qué contestar.

—Lo que quiero que sepas es que se me partió el corazón cuando te mandamos a Madrid, pero en el pueblo no era posible que siguieses. El pueblo en aquel momento no era un buen lugar para vivir y tú aquí no habrías sido feliz, te habrías seguido haciendo daño. Lo mejor era salir, en este lugar habían pasado cosas muy feas...

—¿Qué cosas, mamá? ¿Qué sucedió aquí hace treinta años? ¿Y qué me pasó a mí?

Ahora nieva. Los copos no son densos, son como diminutas plumas danzando en la ventisca.

—No quieras saberlo —asegura Carmen—. El maldito deshielo ha hecho que salgan los ataúdes de la tierra, pero no deberíamos desenterrar nada: lo muerto, muerto está. Enterremos a tu padre y sigamos adelante. No preguntes, ni a mí ni a nadie del pueblo, no sirve para nada, no te va a hacer bien.

—Pero necesito saber, no puedo comprender del todo quién soy si no sé quién fui. Recuerdo que no era una adolescente fácil, que de repente pasé de ser una niña buena a una chica rebelde, pero no creo que eso fuese razón suficiente para mandarme lejos, para alejaros de mí, para alejarme de vosotros. ¿De qué me apartabais realmente?

—Yo tampoco entiendo muchas cosas, Verónica, pero las acepto tal como son y ya está.

—No, no está. Para mí no está. Me faltan datos, siempre me han faltado. Hasta hoy he vivido bien sin completar los agujeros de mi vida, pero ahora que he vuelto al pueblo todo es distinto.

—Bueno, las cosas fueron como fueron y no se pueden cambiar, eso es lo que cuenta.

—Pero todo ha cambiado.

—No, no todo, mira, aquí estamos tú y yo como antes.

—Ya, mamá, pero como tú me dijiste: yo ya no soy yo.

12

Carmen se ducha primero y le ofrece a su hija esperarla para ir juntas al mercado. Vero rechaza la oferta, así que su madre se acicala y se va sola. Mientras, ella entra en el baño y enciende el grifo, pero se queda pensativa. El agua estrellándose contra el sumidero produce un sonido hipnótico. Se observa en el espejo. Ve su pelo negro alborotado, sus pómulos prominentes, sus orejas diminutas, el piercing en la nariz. Se aproxima al reflejo. Escudriña su rostro, sus cejas boscosas, los labios agrietados por el frío, la frente y las arrugas que comienzan a anidar en la comisura de los ojos. Se mira a sus propias pupilas, como en un duelo al sol. Se acerca a sí misma intentando leer en ese rostro de treinta y siete años lo acontecido hace treinta. Pretende encontrar los rasgos de la niña que fue. Hace esfuerzos por transparentar en ese reflejo a la chavalilla «regordeta y vivaracha», como la describió su madre. Pero solo encara a una mujer al borde de la cuarentena, con una sombra en la mirada, con humo en la memoria.

Apaga la ducha y sube las escaleras. Vuelve a intentar abrir su vieja habitación, pero sigue cerrada. Baja de nuevo, entra en la cocina y hurga en los cajones. No encuentra nada que la satisfaga, así que regresa al baño, donde también revuelve todos los compartimentos del mueble que hay bajo el espejo. Da con unas horquillas. Las coge y se enfrenta otra vez a la puerta cerrada de su cuarto. Se pone de rodillas para introducir los alambres por la cerradura. No es ninguna experta en manipular cerrojos, pero nada más ver de cerca el sistema del pestillo recuerda que, cuando era niña, lo abrió en numerosas ocasiones con una ganzúa. No le cuesta nada desarticular el cierre. Entra.

Pensaba que hallaría aquella estancia copada de trastos, tal como le dijo su madre. Creía que encontraría una especie de desván polvoriento erizado de muebles enlutados y de artículos viejos, pero el cuarto está impecable. Perfectamente ordenado, limpio, idéntico al que abandonó hace décadas.

Primero se acerca a un corcho prendido en la pared, justo encima del escritorio. Ahí ojea algunas fotos suyas de cuando era pequeña. Hay también un papel ya amarilleado por el tiempo donde se lee: «Foro de lectura para niños». También ve una lista con varios nombres, incluido el suyo, y le llama la atención que la F ha sido tachada para leerse la palabra ORO.

Sobre la escueta cama hay una colcha de ganchillo. La lámpara es roja con puntos negros, reproduciendo el caparazón de una mariquita. Las cortinas son floreadas, en tonos rosas, verdes y amarillos que filtran una luz párvula. Se sienta en la cama y la encuentra más dura de lo esperado. Se queda abrazándose las manos, quieta, intentando ordenar las emociones, cazar recuerdos como mariposas.

Ve un baúl de mimbre debajo de la mesa de estudio. Lo abre. Allí hay varias carpetas escolares, algunos folios sueltos con dictados y dibujos. Escudriña sentada en el suelo y con las piernas cruzadas, en una posición infantil, aquel almanaque escolar. Comprueba que tenía unas destacadas dotes para la pintura. Uno de los dibujos, que refleja un campo con vacas, casas moteando una ladera verde y un cielo virgen, está galardonado con una pegatina en forma de medalla de oro. Fue premiada por su destreza con los lápices y las ceras, parecía tener un don para el arte. Vero levanta la mirada de aquellos bellos e imaginativos paisajes y se pregunta qué fue de aquellas virtudes.

Las piernas se le entumecen, pero todavía no es consciente de ello. Su mente viaja al cielo de Madrid, a los aviones que aterrizan y despegan, ve un galimatías de vectores, de trazadas, de aproximaciones y virajes. No encuentra la razón por la que eligió las matemáticas, las coordenadas y los números frente a las pinceladas y las tonalidades. Hay, sin embargo, en su interior una sensación de refugio en su profesión, en aquellos estudios tan ajenos a sus intereses de la infancia. En la juventud se hizo, al parecer, una trinchera de ecuaciones, una empalizada de algoritmos, un búnker de cálculos que la aislaron de una persona que, por lo que fuera, ya no deseó volver a ser.

Cierra la carpeta de los dibujos. Ahora la habitación se queda en sombra. El breve rayo de sol que atravesó los pétalos de las cortinas ha sido asfixiado por una nube preñada de aguanieve. Sigue barajando los papeles, aquellos trabajos hechos cuando tenía seis años que su madre guardó con tanto mimo para ahora candarlos en la habitación del segundo piso. Encuentra entonces una foto de toda su clase. Es una instantánea borrosa y tomada de lejos en lo que parece una excursión en el campo. Todos los alumnos posan escoltados por Joaquín, el profesor, y el director del colegio, cuyo nombre no puede recordar. Enseguida se busca a ella misma. Tarda en hallarse entre una treintena de personas. Pero, en cuanto se ve, se reconoce. El corazón le voltea como una campana.

Experimenta una extrañísima sensación. Aquella niña con rebeca blanca, gordita y con el pelo recogido en una coleta le es tremendamente familiar, y siente de repente una compasión y un cariño enormes, como si observase el retrato de un familiar muerto. Es ella, pero a la vez no es ella. La percibe tan lejana y a la par tan cercana... Luego identifica de inmediato a Inés, que está sentada a su lado. Ambas se parecen. Llevan vestidos y zapatos oscuros, el pelo tensado. Daba la impresión, entonces, de que sus caminos serían paralelos.

Vuelve a dejar toda aquella *memorabilia* en su ataúd de mimbre. Se levanta para descubrir que tiene las piernas dormidas. Taconea un par de veces y se acerca al armario. Abre la puerta despacio y con las pulsaciones aceleradas, como en una película de terror. Su ropa de hace treinta años está colgada en perchas de plástico y cuidadosamente doblada sobre el mueble de los cajones. Se pregunta entonces por qué su madre solo guarda cuadernos, fotos y ropa de cuando tenía seis años. Estuvo en esa casa, en esa habitación, otros seis años más hasta que se marchó a Madrid a vivir en casa de su tío y a estudiar la ESO. Por la conversación del día anterior deduce que ni su madre ni su padre quisieron o, al menos, aceptaron o comprendieron bien a la Vero que se fue acercando a la adolescencia. Todo parece allí detenido a los seis años, como si algo ocurrido en 1995 hubiera abierto una enorme falla en su familia, dentro de ella misma y posiblemente en el propio pueblo.

Mira entonces Vero la balda de arriba del armario. Y allí ve un puñado de muñecas y peluches ordenados uno junto al otro. Se pone de puntillas para bajarlos y los vuelve a colocar de igual modo sobre la cama. Se queda sobrecogida cuando descubre que todos tienen los ojos vendados. El conejo, el elefante, el nenuco, la barbie y el perrito. Como si encarasen un pelotón de fusilamiento. Retales, probablemente de los sobrantes de su madre en la costura, han sido utilizados para taparles los ojos a aquellos personajes queridos. Por el nudo y la burda forma de cegar a los muñecos no le cabe duda de que fue ella quien lo hizo. La imagen es aterradora, algo macabra. Aquellos animales y bebés que formaban parte de su familia imaginaria cuando era pequeña ya no pueden ver. Ella los privó de esa facultad, de alguna manera los mutiló. O los protegió.

1995

13

Hubo temblores durante toda la noche. Sacudidas que levantaron de la cama a algunos montenevinos, mientras que otros, en cambio, durmieron mejor que nunca mecidos por el vaivén del subsuelo.

Fran acudió a primera hora a la pensión de Lola. Encontró a la chica dándole de comer a su hermano pequeño.

—Hola, Lola. Quería charlar un ratito contigo, pero si estás ocupada vengo en otro momento.

—No, espera, ya acabamos de desayunar y hablamos.

A Fran le conmovió el plural.

El gacetillero iba de vez en cuando a ver a la chavala. De camino al trabajo se pasaba por la recepción y alternaba con ella acodado en el mostrador. En ocasiones ella tenía más tiempo y se tomaban un café en el pequeño salón del negocio. Fran le hablaba de sus artículos, de su voluntad de escribir una novela. Se lamentaba sin duelo de su soltería y se afanaba por justificar el esfuerzo y la dedicación que le requería todo aquello de la escritura.

Lola tenía menos temas de conversación. Su vida orbitaba en torno a su madre, a su hermano y a la pensión. Aquella mañana, tras los temblores, por supuesto, mencionaron a los alemanes. Fran le preguntó cómo eran, qué sensación le daban los Fischer.

—La verdad es que no he tratado mucho con ellos. Cada vez pasan menos tiempo aquí, se marchan temprano a las obras y vuelven tardísimo.

—¿Qué están tramando?

—No lo sé.

—Estuve con Joaquín y con el cura el otro día, esto lo vamos a parar.

—Ojalá.

—No te preocupes, Lola, yo voy a hacer todo lo que esté en mis manos para ayudarte, para evitar que os quiten la pensión.

—Nadie nos va a quitar la pensión.

—Ya, bueno... Quiero decir que..., ya sabes, que el hotel ese no os haga cerrar.

—¿Sabes qué te digo? —inquirió Lola levantando la cabeza y recobrando brío—. Que, si tenemos que cerrar, pues cerramos, ya buscaremos otra cosa. Y, si nos tenemos que ir de Monte Nieves, pues nos vamos. Podemos empezar de nuevo en otro sitio, no se acaba el mundo en...

—No, eso no va a pasar, no os vais a tener que ir a ningún lado, te lo digo yo. A esos cabrones vamos a pararles los pies.

—Si a lo mejor tampoco es culpa de ellos. Igual no tienen capacidad para parar nada. Ella, Mila, es majísima, habla con mi madre un montón. Se nota que le encanta este lugar. No creo que en el fondo sean mala gente.

—Pero se van a cargar el pueblo —protestó Fran.

—A mí lo único que me preocupa de verdad es mi madre.

El chico se quedó en silencio y comprendió la necesidad de relativizar.

—¿Cómo está?

—Mal. Hoy un poco mejor, pero mal.

—Cuánto lo siento.

Fran aprovechó para coger la mano de Lola mientras ella bajaba la mirada, dejando caer un mechón de pelo como un relámpago.

—Nuestro futuro está aquí, Lola, en Monte Nieves. No nos vamos a rendir.

La chica lo miró con cariño y con condescendencia. No creía que nada tuviera remedio: ni su pensión, ni el pueblo, ni su madre, ni su hermano. Quizá tampoco ella.

—A veces me gustaría poder dejarlo todo, ¿sabes? Adoro a mi madre y a mi hermano, y también este sitio, pero me gustaría poder subirme a la moto de Marc y dejarlo todo atrás, que el mundo, que mi mundo, fuese nuevo.

—A lo mejor para encontrar cosas nuevas no hace falta irse a ningún sitio —declaró el periodista.

—Aquí todas las novedades parecen malas. ¿Qué eran los temblores de anoche?

—Están horadando el suelo.

—¿Cómo? ¿Qué es eso? —preguntó ella sin vergüenza de su desconocimiento.

—Haciendo un agujero, perforándolo.

—Pero… ¿para qué?

—No lo sabemos aún, creo que están sacando algún gas.

—¿Y petróleo?

—No, petróleo no —aclaró Fran con media sonrisa—, ojalá, pero me da a mí que en este pueblo no hay petróleo. Lo que parece claro es que lo del viñedo y el hotel es mentira.

—Entonces estamos salvados, la pensión está salvada.

—A no ser que lo que estén haciendo sea mucho peor y no estemos a salvo nadie.

Lola volvió a mirarse los zapatos compungida y Fran se reprochó a sí mismo haberla apesadumbrado.

—Mira, te he traído un ejemplar de *La Gaceta* —se arrancó el chico—, aquí hay un artículo que creo que va a ayudar a que las cosas se aclaren y a que todo vuelva a ser como antes. Nos queda mucho futuro en Monte Nieves.

Lola cogió la revistilla y la hojeó sin mirarla. Forzó una sonrisa.

—Alegra esa cara —la animó él mientras le acariciaba brevemente la mejilla.

Lola sonrió, esta vez con un poco más de convicción.

—Gracias por la revista, y por todo.

—De nada, Lola, estamos juntos.

La chica se levantó de la silla dando por concluido el encuentro. Fran imitó su gesto.

—Tengo que volver al trabajo, no quiero dejar a mi madre mucho tiempo sola.

—Claro, por supuesto que no —balbuceó apurado.

Lola se dirigió hacia la recepción mientras Fran la observaba melancólico. Antes de perderse tras la puerta del salón, ella se giró hacia el gacetillero y golpeó el aire secamente con el puño en alto en señal de camaradería combativa.

14

Robert se despertó tempranísimo, como siempre, para ir a las obras y supervisar la llegada del tráiler que les serviría como vivienda. El alemán no se sentía cómodo en la pensión de Sagrario y Lola, todo lo contrario que Mila, a quien le encantaba conversar con la dueña y considerarse, de alguna forma, una más de la comunidad. Robert estaba absolutamente entregado a su misión empresarial. El éxito en su cometido y, en consecuencia, el reconocimiento profesional le brindarían una autoestima que necesitaba percibir y proyectar en su entorno, ante su mujer y, especialmente, frente su hijo.

Mila, sin embargo, aquel día se levantó más tarde, pues habían pactado la noche anterior que su tarea matutina consistiría en aprovisionarse de víveres y acercarse a alguna tienda de muebles de Monte Aurora para acondicionar su nueva estancia. Pero a Mila no la despertó el despertador, sino las náuseas. Salió de la cama corriendo al baño, donde vomitó. Se quedó unos minutos sentada junto al inodoro intentando recomponerse físicamente, pero, sobre todo, tratando de ordenar los acontecimientos y los tiempos. No era la primera vez que sentía ciertos mareos y una sensación de cansancio. Hasta ese momento había negado la razón más obvia de esos síntomas. Pero ya resultaba absurdo no enfrentarse a lo que parecía una incontestable realidad: estaba embarazada.

Era consciente de la revolución que supondría tener un hijo. Sin embargo, no podía ocultarse a sí misma que, en realidad, le hacía una enorme ilusión. Aquella concepción había sido un accidente, pero, ahora que asumía la buena nueva, comenzaba a encontrarle sentido. Aquel futuro niño y su gestación le darían felicidad en ese momento de su vida en el que la relación con Robert había perdido combustible y su hijo adolescente ya transitaba su propio destino. El encargo en Monte Nieves se había convertido para su marido en el eje de su existencia, casi en una obsesión. En cambio, Mila hacía esfuerzos por disfrutar del entorno y de las relaciones con la gente mientras llevaban a cabo aquel cometido en un país extranjero. Pero no podía dejar de sentirse fuera de lugar, a la sombra de la profesión de su pareja, algo desubicada y vacía cerca ya de cumplir los cuarenta años.

A medida que pasaban los minutos, sentada sobre las frías baldosas del baño de la pensión, mientras el malestar amainaba, el embarazo le iba pareciendo una fantástica sorpresa, un regalo. El problema era cómo decírselo a Robert. Mila estaba segura de que no se lo tomaría bien, de que lo interpretaría como un escollo en su objetivo profesional. En ese momento su marido no tenía tiempo, energía ni espacio mental para otra cosa que no fuera sacar adelante su encargo en Monte Nieves. Y Robert contaba con Mila como su poderosa aliada en lo que él consideraba su última oportunidad para demostrar su valía.

Se incorporó, limpió con papel higiénico el borde de la taza, tiró de la cadena, se enjuagó la boca y, finalmente, se lavó la cara. Decidió, por el momento, no decir nada. En sus encargos de la mañana consideró añadir una parada en la farmacia para comprar un test de embarazo, pero enseguida desestimó la idea. Si lo hacía, en unos minutos la noticia de su nuevo estado habría recorrido el pueblo. Así que concluyó que lo más sensato era esperar, dejar que el tiempo marcase el rumbo.

Se dio una ducha, se miró el vientre, donde todavía se transparentaba la cicatriz de la cesárea, y sonrió bajo el agua. Luego abandonó la bañera con el cuerpo mucho más compuesto. Se puso su atuendo preferido y salió a la calle. El día era magnífico, el sol restallaba contra los capirotes de nieve de las cumbres. La luz de la mañana se deslizaba por la ladera hasta lustrar la calzada de cemento gris tapizada de piedras oscuras.

Mila caminaba con un vestido negro y una cazadora de ante, demasiado liviana para una primavera que aquel día se había insinuado pero de la que no había que fiarse. Con una cesta al hombro, sonreía y saludaba a los viandantes rumbo al mercado. Su pelo rubio chisporroteaba de reflejos cobrizos. Y sus botas altas taconeaban sonoramente contra el pavimento delatando la potencia de sus muslos.

Robert apenas se dejaba ver por el pueblo, consciente de la animadversión que despertaba en gran parte de la población. A Mila, sin embargo, le gustaba disfrutar de los encantos de Monte Nieves, harta de la congestión de Bremen. Tomaba cerveza en el bar de la plaza mientras leía el periódico, compraba los que consideraba los mejores productos en el colmado y daba paseos por la ribera del río y por el risco del oeste. Tampoco ella era especialmente bien recibida por los montenevinos, pero parecía no importarle, estaba dispuesta a conquistarlos poco a poco, con su sonrisa de encías equinas y sus modales cordiales. Y a quien no le gustase su presencia podía seguir su camino.

Coloreó su cesta de pimientos rojos y de acelgas, de tomates y puerros. El mercado estaba muy concurrido casi a mitad de la mañana. El buen tiempo había azuzado a los hombres, y especialmente a las mujeres, a hacer acopio de víveres, pero, además, a tomarse aquella jornada de compras como una oportunidad para templar las mejillas y ponerse al día sobre los cotilleos de la comunidad. Mientras esperaba a que la atendieran en el puesto de variantes, escuchó que habían ingresado en el hospital a Sagrario. La alemana puso la oreja sin ningún rubor, quiso transmitir a aquellas dos montenevinas que comentaban la noticia que ella también estaba interesada en la salud de su «casera», que era una más del pueblo y que lamentaba el acontecimiento, así como que tenía derecho a informarse y opinar.

—Pobre señora —se atrevió a decir—, con lo joven que es. Ella y yo nos llevamos muy bien, conversamos mucho.

Las dos lugareñas se la quedaron mirando con cierto reproche.

—No creo que usted la conozca mucho —se atrevió a recriminarle la más bajita.

—No, tiene usted razón, mucho no, pero eso no significa que no me dé pena que haya empeorado.

Las mujeres se callaron. Se miraron entre ellas y se desentendieron definitivamente de Mila porque les llegó el turno de escoger aceitunas.

La alemana se llevó un surtido inmenso de variantes y prosiguió su camino por aquel pintoresco mercado de toldos de colores. Abrió una bolsa que contenía pepinillos y se los fue comiendo mientras pasaba por uno de los puestos de embutido del Pirineo.

—Hola —dijo una voz a su espalda.

Se giró para encontrarse a un hombre delgado, calvo y con barba.

—Perdone que la aborde así. Soy Joaquín, el profesor de Primaria aquí, en Monte Nieves.

—Ah, encantada —respondió Mila, que estaba verdaderamente encantada.

—No sé si tiene un minuto para hablar.

—Por supuesto.

Ambos se desviaron por una calle estrecha. Joaquín caminaba a la izquierda.

—Verá —inició el profesor—, supongo que ya sabe el motivo de que quiera hablar con usted.

—Perdón por los temblores de la otra noche, ya les hemos dicho a los operarios que no trabajen más tarde de las ocho.

—No, no es solo por los temblores. Es más bien por qué son causados esos temblores.

—Bueno, ya sabe que las obras son largas y, además, estamos encontrando más rocas de lo pensado. El terreno es muy duro, muy *piedrigoso* y…

—Ya tenemos bastantes reparos en que construyan un hotel y un restaurante, porque, como sabrán, eso va a dejar sin trabajo a muchas personas de la zona, a lugareños que se dedican al hospedaje, a la restauración, a la venta de productos autóctonos… Pero lo que ahora de verdad nos preocupa es saber la verdad de…

—Todo lo contrario —lo interrumpió Mila—, el hotel, la bodega y el restaurante traerán nuevos empleos para la gente del pueblo. Va a ser una oportunidad fantástica para todos. Es lo que ahora se llama en Europa «turismo sostenible». Vendrán visitantes de todas partes para disfrutar de este entorno y, por supuesto, para beber buen vino —rio.

—No entendemos por qué se han muerto las abejas y algunas truchas, por qué tienen las obras valladas como si fuera un búnker. He oído que han contratado a gente armada.

Mila volvió a reír.

—¡Qué tontería! Las vallas son por la propia protección de la gente del pueblo. Las obras están en la ladera, puede haber desprendimientos. Contábamos con que muchos se asomarían con curiosidad, y eso es normal, por lo que pensamos que lo más seguro era vallarlo todo bien.

—¿Por qué hay gente armada?

—Ah, bueno, no se asusten, eso es común en Alemania. La empresa que hace las obras y también la encargada de la seguridad son alemanas, y allí es normal que los vigilantes lleven pistolas. No sabía que eso aquí era distinto, lo siento, vaya susto se han debido de llevar.

Joaquín tenía que hacer esfuerzos por caminar a la velocidad de Mila. Sus botas seguían taconeando ruidosas contra el adoquinado, y, aunque no estaban muy cerca el uno del otro, el profesor podía oler el perfume exótico e intenso de la forastera.

—No se preocupen, de verdad —aclaró la mujer—, tenemos todos los permisos, hemos hablado con el alcalde, con don Severiano y hasta con Medio Ambiente. Están todos...

—Comprados.

La mujer detuvo drásticamente el paso. Miró con fiereza a Joaquín y todo el maquillaje se le amotinó en la nariz.

—Creo que usted y yo hemos terminado de hablar.

15

El mejor lugar para reunirse era la cabaña de Marc, a las afueras del pueblo. Aquella congregación tenía algo de conspiración secreta, de cónclave golpista. Marc y su novia Lola; Fran, el gacetillero; Joaquín, el profesor, y Nicolás, el cura, se sentaron en la diminuta estancia del catalán para trazar y ejecutar, de una vez por todas, un plan efectivo para desenmascarar y frenar el proyecto de los Fischer. Todos convinieron que había que pasar a la acción. Las conversaciones con el alcalde y con los alemanes eran difíciles e infructuosas.

—Ojalá yo tuviera más influencia, pero escribo en una revista pequeña que no tiene el suficiente eco —se lamentó Fran.

—Ya que la Guardia Civil nos ignora, tendríamos que acudir a instancias superiores. Yo igual puedo tirar de un conocido en el Gobierno, pero no sé si... —propuso Joaquín.

—Los políticos nunca hacen nada. O lo hacen tarde. Yo tengo algunos amigos en Greenpeace —lo interrumpió Marc—. Conocí gente en Lyon que está protestando contra las pruebas nucleares del atolón de Mururoa. He hablado con ellos y me han dicho que vaya a verlos y que les cuente todo. Creen que pueden ayudarnos.

—Eso es fantástico —certificó Nicolás.

—Pero si no sale bien tendremos que asumir que se acabó el pueblo tal cual lo conocemos. O aceptamos que ahora habrá enoturismo y todo cambiará o nos vamos de aquí —resolvió Marc.

—Pero una cosa es que la gente venga a beber vino mirando las montañas y otra que se mueran los insectos y los animales del valle. Se está cometiendo un crimen medioambiental —puntualizó Joaquín.

—Me lo vas a decir a mí —añadió el catalán—. Llevaba dos años cuidando a esas abejas, no sabéis el tiempo, la dedicación y el cariño que he puesto en ello.

—¡De aquí no se va a ir nadie! ¡Si alguien tiene que marcharse son ellos! —gritó Fran.

—Pues no sé cómo piensas echarlos. No solo tienen armas, sino algo peor: dinero —respondió Marc.

Nada más terminar la frase, se levantó y puso agua a calentar.

—¿Alguien quiere un té? ¿Café?

—Yo creo que María nos puede ayudar —intervino el cura—. Ya he hablado con ella y está de nuestra parte. Le cuesta enfrentarse a su padre, como es normal, pero va a hablar con él. A lo mejor ahí tenemos una baza.

—Intentemos eso antes de irnos de aquí —aportó Lola.

Marc puso una cafetera y un cazo con agua en los fogones. Miró por la ventana y observó las colmenas desahuciadas. Le invadió una vertiginosa sensación de vacío, de finitud. Hundió como hipnotizado una bolsita de té negro dentro de una taza, vertió el agua caliente y luego la tapó con un platito. Sus pupilas volvieron a atravesar el cristal.

—Mañana me voy a Lyon —sentenció de espaldas al grupo.

En realidad, pasaron dos días hasta que el catalán empacó la moto. Lola lo había intentado convencer para que no se fuera. Sin embargo, sus contactos en Francia lo alentaron a hacer el viaje. Allí estaban seguros de que los alemanes estaban cometiendo algún delito contra la naturaleza y sospechaban que se trataba de una práctica denunciable.

La chica lo abrazó antes de subir a su preciosa moto antigua, que brillaba con los primeros rayos oblicuos de sol de la mañana.

—No te vayas.

—Es por ti, Lola, por nosotros. Tenemos que pelearlo.

—Al menos coge el coche de mi madre, no te vayas en moto. Lyon está muy lejos, las montañas están nevadas, es peligroso, por favor.

Marc abrazó el cuerpo trémulo de la chica y le pareció un *pardalet*. Notó sus pechos redondos y pétreos, su perfume a tomillo, besó su cuello de alondra y comprendió que la quería de verdad. El chico apoyó su barbilla en la cabeza de Lola, quien juntaba su cuerpo al suyo con todas sus fuerzas.

—Te llamo en cuanto llegue. No te preocupes.

—Abrígate.

Lola le cerró hasta arriba la pesada cazadora de cuero marrón con forro de borrego, se quitó su pañuelo morado y gris y se lo anudó con mimo al cuello. Se cercioró de que llevaba las botas altas, calientes y de motero. Luego le metió en el bolsillo una bolsa de avellanas como refuerzo calórico para el viaje, se puso de puntillas y lo besó en los labios. Marc se montó en su moto, se calzó el casco cromado y se lo abrochó bajo la barbilla. Se dieron un último abrazo. El chico se marchó hacia el norte en el mismo instante en que el sol prendía el pico más alto como una vela.

SEGUNDA PARTE

La rebelión

2026

16

Son las diez de la noche cuando se oye el estruendo. Primero suena como un progresivo rugido y luego se escucha un fortísimo golpe. Al salir Vero y su madre a la calle a ver qué ha sucedido, se topan con otros vecinos que también han abandonado sus casas alarmados.

El barro comienza a sepultarles los zapatos, el agua mulata sube rápidamente y, casi sin darse cuenta, están empapados hasta las rodillas. Ha habido otro corrimiento de tierras, la poca nieve que resta en las cimas se está venciendo y provocando un tsunami de piedras y barro que, como descubren estupefactos los montenevinos, ha demolido parte de la capilla del cementerio.

Se oyen gritos en la calle, que súbitamente se queda a oscuras. Se ha ido la luz del alumbrado público y también se han apagado las bombillas de todas las viviendas. A Vero y a su madre y probablemente a toda la comunidad los invade una sensación de desamparo, de inseguridad, de miedo. Entonces escuchan el grito de un hombre bramando: «¡A la iglesia!».

Poco a poco, la gente se va congregando en la nave principal. Algunos llegan en pijama, amortajados en sus batas. El cura ha abierto la casa de Dios para albergar sobre todo a algunas familias cuyos hogares, situados en la parte más elevada del pueblo, están inundados por la inesperada riada. Cuando llegan Vero y su madre, ven que también está Nicolás, el antiguo párroco del pueblo, que ahora vive en Monte Aurora y que se está pasando estos días por Monte Nieves para echar una mano con el desastre del cementerio. Le ha pillado cenando con el cura actual, un señor dominicano.

Los dos clérigos encienden las velas de la iglesia. De repente el lugar cobra una atmósfera esotérica, mística, entre la santidad y el terror. Iluminados por la luz dorada, los montenevinos se secan con toallas y mantas que van trayendo los nuevos inquilinos del improvisado refugio. Al menos el ruido ha cesado. Parece que la avalancha ha acabado, el nivel del agua ya no sube y el silencio va apoderándose del espacio.

Vero está sentada en un banco quitándose los calcetines empapados cuando siente una mano sobre el hombro. Se da la vuelta para encarar un rostro bello y afable.

—Eres Vero, ¿verdad?

—Sí. Y tú Nicolás.

—Sí. Me alegra mucho verte.

—A mí también.

—Estás muy cambiada.

—Pues tú no.

—Me lo tomaré como un cumplido.

—Y yo también.

Ambos ríen.

—Ya tendremos tiempo de ponernos al día, pero solo quiero decirte que me gusta que hayas venido a darle sepultura a tu padre.

—O al menos a intentarlo.

—Sí, eso —sonríe el cura con pesar—. Todavía me acuerdo de cuando eras pequeña, de cuando te di la primera comunión. Rezabas luego todos los días y llevabas muy orgullosa tu medallita de oro de la Virgen de la Jara. Siempre has sido una chica fantástica.

—Bueno...

Nicolás se queda callado.

—¿Sigues siendo religiosa?

Es entonces cuando Vero también calla.

—No del todo.

—Pero al menos estás aquí para despedir a tu padre, para enterrarlo en un camposanto. Y además, y lo más importante, estás con tu madre ahora que tanto te necesita. Eso es ser una buena cristiana.

Vero se queda desconcertada con la ecuación del cura.

—Pues amén.

Ríen al unísono.

Entra la gente a cuentagotas en la iglesia. Algunos, como Vero, se ayudan de la linterna de su móvil para adentrarse en la sacristía a buscar más cirios y algún calefactor. Nada más regresar Vero junto a su madre, aparece por la puerta de la iglesia un hombre embarrado de la cabeza a los pies y con algo en las manos. La figura ocre andando con pasos lentos hacia donde está la muchedumbre congregada parece la de un monstruo de película de serie B. El tipo, cuyos ojos asoman bajo la máscara de lodo, está ido, como en trance, y porta entre las manos una caja de madera.

Vero, Carmen, los dos curas y casi todas las personas en la iglesia, que son unas cincuenta, van al encuentro del señor enlutado por la riada. El tipo coloca la caja de madera, algo más grande que una de zapatos, sobre uno de los bancos y con la mano retira el barro de la tapa para dejar a la vista una cruz pintada en negro.

—No la abran —balbucea el hombre—, ya lo he hecho yo. La han traído las nieves desde el cementerio. Dentro hay un feto. O un niño recién nacido, no sé. Es solo un esqueleto.

Nadie habla. Se oye el gemido de alguna vieja y un par de «diossantos». La caja, hecha con torpeza con listones claramente podridos por el paso del tiempo, permanece sobre el banco como un meteorito, como si fuera un *oopart*.

—Hay que darle otra vez sepultura —determina el cura del pueblo.

—Sin duda —completa Nicolás, quien se santigua con nerviosismo y se apresura a coger el pequeño féretro y a llevárselo a la sacristía. Su homólogo lo sigue.

Se pueden ver las huellas de aquella criatura de la ciénaga que acaba de entrar al templo. Vero no puede retirar la mirada de esas marcas sobre la alfombra de barro del pasillo de la iglesia que la conectan con su hijo no nacido aún. Piensa en Eva y la quiere, pero no con ardor, sino con lástima. Desea llamarla, correr hacia ella, refugiarse en sus brazos. Añora sentir la creación de una vida en su interior y luego la idea le repugna. Imagina el diminuto esqueleto dentro de su vientre. Se reconoce inmensamente confusa. ¿Dónde ha ido su dios?

El alcalde llega con sus hijas. Parece claro que antes de acudir a la iglesia se han buscado entre ellos. Junto a Inés hay un señor corpulento y con el pelo gris y los tres niños a los que vio cenar sopa de ajo. María también aparece con quien probablemente es su marido. Carmen y su hija se acercan a saludarlos.

—Ha sucedido algo horrible —informa Carmen a don Enrique—. Han encontrado un feto, o un niño recién nacido, dentro de una caja, bueno, de un pequeño ataúd. Estaba enterrado en el cementerio.

El alcalde se estremece, María se torna lívida e Inés se echa la mano a la boca.

—¿Dónde está? —inquiere Enrique.

—Se lo han llevado Nicolás y el cura a la sacristía.

—¡Hay que volver a enterrarlo inmediatamente! —dictamina el alcalde.

—Eso mismo ha dicho el padre Gustavo —recuerda Carmen.

—Ahora vuelvo —zanja Enrique antes de encaminarse al encuentro de los religiosos.

Carmen y Vero se quedan solas. La señora agarra la mano de su hija entre las suyas. Luego libera la derecha para santiguarse mientras mira el fresco de la Virgen ascendiendo a los cielos. Vuelve a tomar con fuerza la mano de Vero.

—Pobre criatura —suspira Carmen.

Vero considera por un momento contarle a su madre sus planes maternales, pero finalmente decide no hacerlo. Ni siquiera está segura de que vayan a llevarse a cabo. Mira a los hijos de Inés y piensa que podrían haber sido los suyos, que fácilmente su vida podría ser como la de su vieja amiga. ¿Se cambiaría por ella?

El perfume a cera se vuelve intenso, como si estuvieran en el interior de una colmena. Poco a poco el volumen de las conversaciones se eleva, a la vez que el respetuoso murmullo de la iglesia desaparece, siendo relevado por un tono propio de un campamento de campaña.

Por la puerta ahora entra una pareja. Ella es una mujer guapa con el pelo canoso, de un plateado elegante. Él debe de tener poco más de sesenta años, unos diez más que ella. El tipo destaca por su altura, una talla que la edad ha vencido. El barro no parece haberles tocado. Junto a ellos camina una chica hermosa de unos veinte años. Ha heredado la altura y la figura estilizada de su padre y los rasgos preciosos de su madre. Vero se queda mirándola extasiada.

—Es muy guapa, ¿verdad? —suelta Carmen al percatarse de cómo observa Vero a la chavala.

—Sí, sí que lo es.

—Eso es porque es igual que su madre. El pobre Fran no es muy agraciado.

—Fran...

—Sí. ¿Te acuerdas de Fran? Supongo que no, porque eras muy pequeña. Fran era periodista, bueno, aún lo es, ahora dirige *La Gaceta del Valle*.

—De lo que me acuerdo es de que ella tenía un novio en el extranjero y no sé qué más...

—Sí, Marc, un catalán. Menudo culebrón, la pobre...

—¿Qué pasó?

—El chico se fue a Francia para ver si arreglaba todo el desaguisado que estaban provocando los dichosos alemanes. Pero, hija, no sé muy bien qué le pasó allí, quién le comió la cabeza, porque al final no regresó y terminó liado con una franchuta. Yo es que creo que los ecologistas estos son un poco secta.

—Vaya, qué putada —suspira Vero.

—Pues sí. Estuvieron carteándose mucho tiempo, al principio él tenía intenciones de volver al pueblo, pero le fue dando largas y un día le escribió diciéndole que se había enamorado de otra y que rompía la relación. La pobre Lola lo pasó fatal, estuvo muy mal mucho tiempo.

—Y al final acabó con Fran.

—Sí. El chico estuvo enamorado de ella toda la vida. No me extraña, porque era guapísima.

—Y todavía lo es.

—Sí, es verdad, todavía lo es.

Luego se quedan en silencio. Vero cambia el objetivo de su mirada y pasa de escanear a la hija a escrutar a la madre. En las facciones bellas y maduras de Lola se transparenta melancolía. O eso le parece a Vero tras escuchar la triste historia de amor de la chica más bonita del pueblo. «Todas las historias de amor son tristes», piensa la controladora aérea mientras observa cómo se consumen los cirios del ábside.

17

Brillan las cuchillas del frío a la mañana siguiente. Vero, ataviada con la ropa más abrigada de la que dispone tras una improvisada colada, se dirige a la iglesia, donde cree que olvidó el móvil la noche anterior. Se ha restablecido la luz en parte del pueblo. El alcalde ha informado de que por la tarde vendrán a arreglar la avería del alumbrado público.

Son las diez y veinticinco en el reloj del campanario. Cuando Vero se aproxima a la entrada de la iglesia, ojea los restos de barro en el vestíbulo. Ya dentro del templo de piedra, el fango seco en el pasillo y en los escalones del altar le brinda al espacio sagrado una desoladora aura de tragedia. En la iglesia encuentra a María y a Nicolás conversando.

—Hola, perdonad, es que anoche me dejé el móvil. Lo utilicé de linterna para ir a por mantas y...

—Claro, no te preocupes, lo busco ahora mismo. Igual está en la sacristía —deduce Nicolás al tiempo que se dirige al cuartito.

—¿Qué tal, Vero? —inquiere María.

—Bien. Vaya movida la de anoche.

—Sí. Nosotros tenemos suerte de estar en la parte baja del pueblo. Nuestra casa está intacta.

—¿El hombre que estaba anoche contigo era tu marido?

—Sí, Salva. Perdona que, con todo el follón, no te lo presenté.

—No te preocupes, es normal.

Vero duda un instante en hacerle la pregunta que de verdad desea. Finalmente se lanza:

—Tú... ¿no has tenido hijos?

—No, no... Con Salva no... Lo intentamos, pero no pudimos.

—Vaya, lo siento.

—No pasa nada. He tenido otras cosas a cambio.

—Seguro que sí. En eso te entiendo perfectamente.

Ambas se miran con complicidad.

—Te parecerá una tontería, no sé... —se arranca a decir María—, pero he pensado mucho en ti todos estos años. ¿Sabes? Te he echado de menos.

Vero se conmueve. Sonríe con ternura contagiando el mismo gesto en María.

—Vamos a tomarnos un café —resuelve la más joven.

De camino al bar, Vero comprueba que el cielo se ha encapotado y que tiene tres llamadas perdidas de Eva. Se siente en deuda con ella. Pero le parece un incordio tener que lidiar con el enfado y con las prisas de su novia, estar obligada a hablar de futuro cuando su presente está tan en vilo y su pasado es solo bruma.

Vero y María se sientan en una mesa marrón y coja, cerca de la ventana. Se piden dos cafés con leche, se miran a los ojos y enseguida conectan recordando los tiempos en que María cuidaba de ella y de su hermana, en los que las tres jugaban juntas en el suelo de cualquiera de las dos casas. De repente, Vero casi puede oler la leña húmeda del salón del alcalde y rememora el tacto suave de aquella alfombra verde. Los recuerdos de la niñez al lado de María están libres de angustia o de miedo. O, al menos, esa tristeza y ese derrumbe que asoman a veces al evocar su infancia se amortiguan cuando la hija mayor de Enrique está a su lado.

Vero aparta con suavidad su sonrisa para decirle a su interlocutora: «Acompáñame un segundo al baño». María se desconcierta, pero dice «Claro» y se levanta primero.

En el pequeño aseo del bar no hay nadie. Huele a lejía con perfume a alguna flor radiactiva. Vero se pone muy seria, solemne, su respiración se agita.

—¿Tú me puedes explicar esto? —pregunta.

Vero se quita el jersey ante el desconcierto de su acompañante. Luego se despoja también de la camiseta y ambas contemplan su pecho desnudo en el espejo. En él luce el tatuaje de una serpiente alada enroscada. Vero puede ver en el reflejo el estupor de María. Entonces la hija del alcalde, sin retirar la mirada del cristal, echa mano a la cadenita de su cuello para tirar de ella y sacar su colgante, que deja posado a la vista sobre el jersey de lana. El símbolo es exactamente el mismo.

—No lo sé, Vero, explícamelo tú.

Vero apoya las manos sobre el lavabo.

—Esta imagen siempre ha estado conmigo —confiesa Vero—. Nunca he sabido de dónde salía, imaginé que era algo de la infancia, pero nunca supe dónde la había visto. De lo que estaba segura era de que me daba buen rollo, de que me transmitía paz, seguridad... Por eso me la tatué. Para mí era como un amuleto. Y cuando el otro día vi tu medallón en el cementerio me quedé paralizada.

María enmudece. Vero espera que diga algo, pero no lo hace.

—Ahora cuéntame tú, por favor. ¿Por qué me he tatuado tu medallón? ¿Qué representa para mí? ¿Qué era aquello que...?

—Yo te abrazaba, Vero —interrumpe solemne María—. Cuando estabas mal, cuando llorabas o cuando no querías hablar ni estar con nadie, cuando eras la niña más triste del mundo. Y tú te acurrucabas en mi pecho y... —María se traba por la emoción.

—¿Por qué estaba tan triste, María? —inquiere Vero muy seria, con tono casi de demanda, de enfado, sin mostrar compasión por la lástima de su interlocutora.

—Vero, eso... No soy yo...

—¿Qué coño me pasó? ¿Puedes decírmelo, por favor? ¿Por qué en este maldito pueblo nadie me dice nada? ¿Por qué no se pueden hablar las cosas? ¡Estoy harta de tanto secreto, joder!

María, más compuesta, vuelve a meterse el medallón bajo el jersey.

—Tienes que hablar con tu madre.

—¡¿De qué?! ¡Ella no quiere!

—De lo que te hicieron.

Vero calla. Hace un rato que no contemplan sus reflejos, que hablan cara a cara en el diminuto servicio del bar más cutre del pueblo. Vero decide no insistir.

—Vístete, anda, que te vas a enfriar —ordena María con tono cariñoso, dando por concluida la escena.

Cuando regresan a su mesa, los cafés ya están tibios. Está claro que a partir de este momento cualquier conversación es superflua. Vero, además, parece ida, intentando armar en su cabeza un puzle imposible de completar. Finalmente, María paga la cuenta y, ya en la calle, abraza a Vero con todo su amor.

—Todos tenemos cicatrices. Hasta que un día, sin querer, se abren y vuelven a ser heridas. Tú quizá tengas elección, piensa bien si quieres abrir las tuyas —pronuncia María.

—Si siguen sangrando no son cicatrices.

María se besa la mano y luego la coloca con dulzura en el pecho de Vero. Después, se da media vuelta y regresa a casa con su marido.

Vero se queda parada en la puerta del bar. Ve marchar a su amiga presurosa por la repentina lluvia y siente por ella ternura y agradecimiento. Le vibra entonces el móvil en el bolsillo. Se pone la capucha, desenfunda el aparato y lee un wasap que dice: «Tienes perdidas tres llamadas y una novia». El mensaje de Eva es provocador. La frase es contundente, pero el irrenunciable sentido del humor de su chica la hace sonreír. Mojándose bajo la lluvia helada, marca el contacto de Eva. Antes de que suene el primer ring se detiene frente a ella un coche de la Guardia Civil. La conductora baja la ventanilla y le dice: «Sube, Millennium, que te vas a empapar». Vero cuelga. Se queda un segundo desconcertada e indecisa. Luego sube acelerada al coche que conduce esa guardia civil joven y guapa.

18

La lluvia restalla contra el capó del Renault Megane. Son gotas pesadas, casi graníticas. Dentro del habitáculo, Vero huele a menta, la agente respira tabaco.

—Gracias por el rescate.

La conductora sonríe límpidamente, sin plegar ninguna arruga, y Vero confirma su desconcertante juventud, debe de tener poco más de veinticinco.

—Los cuerpos y fuerzas de seguridad del Estado estamos para esta clase de emergencias.

Vero sonríe, pero enseguida mira al frente, como avergonzada por delatar el efecto del comentario en sus labios.

El coche ya está en marcha atravesando el pueblo. Vero se pregunta adónde se dirige, pero no expresa en alto su desconcierto, ya que la divierte entregarse a ese destino incierto. Se dedica a mirar entonces los botones suplementarios del coche.

—No me irás a pedir que te ponga la sirena... —bromea.

—Creo que es lo último que te pediría.

—¿Y lo primero?

Vero se queda un segundo cohibida.

—Que me digas adónde me llevas —resuelve seria.

De repente le parece que la chica se ha envalentonado en exceso.

—Estaba esperando que me dijeras tú dónde quieres que te acerque —contesta algo nerviosa la agente.

—Pues... a casa de mi... No sé. La verdad es que no me apetece ir a casa de mi madre.

—Entonces demos vueltas por este bonito pueblo. El coche es eléctrico.

—No creo que puedas hacer ya mucho por el efecto invernadero de este valle. Si apenas hay nieve en las montañas. Tú eres muy joven, pero hubo un día en que estas montañas eran blancas.

La chica sonríe.

—No te creas que soy tan joven ni que vengo de tan lejos. Nací en Monte Aurora.

—Por ahí seguro que os va muy bien la temporada de esquí.

—Supongo, pero yo no esquío. Yo soy más de...

—¿Gimnasio?

La agente no sabe cómo tomarse el apunte. Por un lado, deduce que Vero la ha notado esculpida, pero, por otro, el hecho de que prefiera levantar hierro en una habitación condensada de sudor a deslizarse libremente por una colina blanca no habla muy bien de ella.

—Lo del gimnasio lo he dejado. He dejado muchas de las cosas que hacía antes, cuando era joven de verdad. Ahora me mantengo en forma por la profesión, me estoy tomando más en serio que nunca mi trabajo.

—Me parece muy bien. Se ha notado en mi fulgurante rescate.

La chica ríe.

—¿A qué te dedicas tú?

—Soy investigadora privada. Investigo crímenes en Suecia.

La guardia civil se desconcierta. Luego entiende la broma.

—Pues igual me puedes echar una mano con el misterio del alemán —sugiere.

—De momento estoy centrada en mi propio misterio.

—Ah, ¿sí? ¿Y cuál es?

—Creo que es pronto para compartir contigo mi caso. No sé ni cómo te llamas.

—Patricia. ¿Y tú?

—Vero.

—No suena muy sueco.

—Es el diminutivo de Verosnika.

Las dos ríen.

—Igual sí que puedes llevarme a comer algo, ¿no? —sugiere Vero.

—A sus órdenes.

Patricia conduce hasta un restaurante en la carretera que une los pueblos de ambas. Vero comprueba que allí conocen a Patricia, y enseguida el camarero les ofrece una mesa con bonitas vistas al valle.

—Aquí tienen un menú muy bueno y nada caro —explica Patricia.

Vero se pregunta cómo ha acabado comiendo un menú con una guardia civil a las afueras del pueblo.

—Soy controladora aérea —suelta mientras desdobla la servilleta.

—¡Joder! Eso es mejor que detective en Estocolmo.

—No sé si mejor, pero sí se trabaja más alto.

—Bueno, Estocolmo está bastante al norte, ¿no?

Sonríen y se retiran mutuamente la mirada avergonzadas por sus propias tonterías.

—Yo soy guardia civil.

Las dos se quedan un segundo calladas hasta que rompen en una carcajada. Esa risa alivia la tensión de la escena.

—¿Se sabe quién mató al alemán? ¿Por qué le pegaron un tiro? —suelta Vero.

—No. Estoy todavía en ello.

—Pero ¿no había prescrito?

—Sí, aunque lo quiero solucionar. Es casi un asunto personal.

—¿Por qué? ¿Era pariente tuyo o algo?

—Es... Bueno, no te quiero soltar ahora aquí mi rollo familiar, pero es por mi padre.

—¿Tu padre?

—Mi padre es también guardia civil. Una leyenda en el cuerpo. Quiero... Necesito demostrarle que yo también soy digna de este escudo —dice Patricia señalándose el emblema del pecho.

La joven se ha puesto muy seria, así que Vero deduce que hay alguna deuda en la familia, algún trauma o cuenta pendiente en la que no se siente autorizada a indagar.

—Mi padre era cazador. Le gustaba Ana Belén y despotricar mientras veía el telediario.

Ahora es Vero quien se pone seria. Patricia entiende que la chica habla de un hombre recién fallecido con el que no intimó demasiado.

—El corrimiento de tierras de ayer lo ha complicado otra vez todo, pero no creo que lleve mucho más tiempo arreglar este asunto. A ver si a finales de semana se le puede dar sepultura. Estamos haciendo lo que podemos.

Vero la mira con ternura. Tiene la bravuconería y la dulzura de los veinteañeros, piensa. Luce una belleza sencilla y natural. Los dientes son descaradamente blancos y se le transparentan algunas pecas en las faldas de la nariz. La espalda es recta y su cuello largo se destensa sobre la leve ola de su clavícula. Se queda absorta mirándola mientras come unos espárragos trigueros, pero en realidad está analizándose a sí misma más que a su acompañante. Vero intenta comprender qué siente. De momento es la única persona del pueblo con la que se ha reconocido verdaderamente relajada.

La lluvia barniza el valle. El agua debería ser nieve a estas alturas del año. Pero ya nada es como debía haber sido, piensa Vero. Sin embargo, ahora el volantazo del destino, su punto de giro, su ademán prestidigitador, le gusta. Agradece que el devenir no sea previsible, encontrarse en una situación que no imaginaba, deslizarse por emociones nuevas y enigmáticas, como lo hizo en la adolescencia.

—Bueno, no te quiero entretener más —confiesa Vero antes de pedir los postres—. Además, te estará esperando en algún lado tu pareja.

Patricia se queda cortada.

—No tengo pareja.

—Tu pareja de la Guardia Civil, me refiero.

—¡Ah!

Vero se ríe y la joven se desconcierta por un momento, pero luego se suma a la carcajada.

—Buena estrategia para sacarme la información —dice Patricia devolviéndole el corte.

—Tácticas de vieja detective.

—¿Y tú?

—Yo ¿qué?

—¿Tienes pareja?

—Demasiado directa, Sherlock.

1995

19

El río centelleaba. Parecía que una bandada de peces voladores raseaba la superficie, pero era el sol de primavera el que saltaba de una ondulación a otra esquivando los cantos blancos y provocando un juego de reflejos, como si fuese una efervescente constelación.

Por la ribera elevada sobre el cauce paseaban María y Nicolás, ya muy alejados del pueblo. Pero él no lo hacía anudándose las manos a la espalda, como los párrocos antiguos, sino que braceaba con armonía y seguridad, al ritmo de sus pasos lentos y confiados. Iba vestido de paisano. María caminaba con zancadas cortas y cruzando levemente las piernas. Se podía ver cómo sus cuerpos cimbreaban creando esa danza casi invisible en las parejas cuyas pisadas y deseos han entrado en fase.

Las montañas altas vestían su mitra helada, pero el valle, sin embargo, era ya verde, pardo y gris. Nicolás había vuelto a solicitar una charla privada con la hija del alcalde. En el último cónclave antialemán había anunciado que seguiría intentando la que parecía la mejor opción para detener el avasallador proyecto: que María convenciese a su padre para denegar la licencia del hotel.

—Ya he hablado con él —le desveló la chica.

—¿Y qué ha dicho?

—En realidad no ha dicho nada. Dice que sí, que comprende el enfado de parte del pueblo. Luego insiste en que será bueno para Monte Nieves y en que lo someterá a debate con su gente, y que hay que esperar.

—Ya, pero mientras tanto van avanzando las obras. A lo mejor te está dando largas y ya ha concedido la licencia.

—No sé.

Nicolás quiso hacerle la pregunta que no se atrevía a formular: «¿Tú crees que tu padre está comprado?». Pero no supo cómo abordarla. El cura era consciente de que no podía volver a reunirse con el grupo sin tener alguna información nueva sobre este asunto. Si de verdad don Enrique había concedido ya la última licencia, las posibilidades de frenar la iniciativa prácticamente se esfumaban. A no ser que Marc consiguiera el milagro de arrancar una iniciativa ecologista en Greenpeace. Pero el catalán, de momento, llevaba varios días sin llamar ni escribir ninguna carta. Lola estaba desesperada, muy preocupada por el inexplicable silencio de su novio.

—¿Cómo te llevas con tu padre? —inquirió Nicolás una vez abortada su pregunta inicial.

—Bueno... Hablar con él del tema del hotel no nos ha unido precisamente.

—Supongo.

—¿Tú echas de menos a los tuyos?

—Sí.

Nicolás derrotó la cabeza.

—Pobre —lamentó María—, debe de ser muy duro perder a tus padres tan joven.

—Tengo a mi hermano. Y a Dios.

—Y tienes también a la gente de Monte Nieves, que te adora.

—No sé yo... —pronunció modestamente y con una sonrisa.

—Yo sí te adoro.

El cura se detuvo. Miró a María desde su estatura superior, una mirada oblicua que caía como un haz de luz iluminando las pecas de la chica, su pelo flameado. Nicolás tomó en sus manos las de María.

—Tener tu adoración sí que me hace sentirme un santo.

María rompió en una carcajada. Soltó las manos del cura y reanudó la marcha. Nicolás se avergonzó. «¿Cómo he podido soltar una frase así de cursi?», se lamentó. Lo que sí sabía es que por un segundo había experimentado una especie de éxtasis al contemplarse en los ojos esmeralda de la chica, confirmando la vulnerabilidad de sus manos.

—Podrías tocarme un día la guitarra —sugirió la chavala.

—Claro, ¿qué te gustaría que te tocase?

—No sé, algo que no sea religioso.

—Vaya.

—Un concierto en plan Nicolás canta a María, pero no a la Virgen, vamos.

Los dos rieron.

—Quiero decir que me gusta cuando somos como ahora, Nicolás y María, no el cura y la hija del alcalde —explicó la adolescente.

—A mí también.

—Pues eso, una canción, no sé...

—¿La «Macarena»?

—¡No, hombre!

Volvieron a reír mientras avanzaban custodiados por los olmos.

Nicolás entonces se detuvo. María se paró frente a él desconcertada. El chico cerró los ojos y cantó con suavidad y deleite otra de las canciones que sonaban entonces en la radio: «Déjame atravesar el tiempo sin documentos...». La voz de Nicolás era sensual y afinada, llenaba el espacio, no hacía falta ninguna guitarra para armonizar su canto. María lo contemplaba absorta, con deleite. El cura proseguía con la canción cada vez más confiado y seguro, consciente de su poder de seducción. Luego llegó al estribillo: «Quiero ser el único que te muerda la boca...». Nicolás abrió los ojos y encontró los ojos entregados de María, la frente entregada, las mejillas entregadas, el cuello entregado, la boca entregada. Y no dejó de cantar hasta que, acercándose a ella, sus labios se tocaron. Y la canción, de algún modo, siguió reverberando en sus oídos, donde también rompían con fuerza los latidos. Parecía que ninguno de los dos se atrevía a despegarse, a mirarse a la cara. Así que se rindieron al beso sin pensar, solo sintiendo, abandonando las culpas, los pecados, las infamias, las condenas, las consecuencias.

La roulotte donde vivían Robert y Mila era una versión en miniatura de su piso en Bremen. Un lugar con muebles de madera y felpa, excesivamente recargado, incómodo en su voluntad de crear un ambiente reconocible y confortable. La cama era estrecha, la ropa se congregaba en un butacón, y en la percha junto a la puerta de entrada colgaban tanto las batas de ambos como un mono de trabajo con cinturón y pistola, idéntico a los utilizados por los guardias de seguridad. A Robert le gustaba enfundarse ese uniforme para supervisar las obras, sentirse uno más de aquel escuadrón de operarios y custodios.

Sentado en la esquina de la cama recién hecha por Mila leía el alemán *La Gaceta del Valle*. Sus duras facciones se tensaban a medida que avanzaba sobre el texto de Fran.

—Hijo de puta...

—¿Qué pasa, cariño?

—Este nos va a joder.

—¿Quién?

—Francisco Morales. Un idiota que escribe en *La Gaceta* criticándonos, diciendo que estamos agujereando y destrozando el pueblo.

—Bueno, eso es verdad.

Robert levantó la mirada de la revista para clavársela a su mujer.

—¡No estamos destrozando ningún pueblo! Deberían estar agradecidos estos paletos de lo que estamos haciendo.

—Bueno, es normal que se cabreen, que no entiendan nada, que nos odien, Robert.

—A mí me da igual que me odien, lo que me preocupa es que este artículo llegue a quien no debe.

—Bah, no creo que eso lo lea nadie.

—No te creas, a veces estas revistitas tienen más público que los grandes periódicos. Sobre todo, hacen más ruido, porque le hablan a la gente de sus cosas, de lo que de verdad les afecta.

Mila esbozó una mueca de lamento y luego siguió ordenando la caravana.

—No nos conviene tener a la opinión pública en contra, no más allá de los cuatro pueblerinos de turno —prosiguió Robert.

—Igual son más de cuatro.

—Me da igual, lo que me da miedo es que se entrometa la Diputación y gente a la que no tenemos controlada.

—Estemos tranquilos de momento y...

—¿Y si vas a hablar con Francisco?

—¿Cómo?

—Sí, no sé, convéncele de que es bueno para el pueblo lo que estamos haciendo. Tú eres simpática y muy guapa, seguro que te escucha.

—Pero, Robert... —se quejó Mila, incrédula.

—Inténtalo. Que deje de escribir sobre el asunto, al menos.

—Creo que es una locura, no va a funcionar.

—Por favor, Mila. No podemos correr riesgos. Estos artículos no son nada buenos para nosotros, créeme. Vamos a intentarlo. Habla con él a ver cuáles son sus puntos débiles, quién más está involucrado, gánatelo. Tú eres capaz de eso y de mucho más —afirmó el alemán con una dulce sonrisa.

Mila hizo un gesto de resignación, dobló unas mantas y contempló cómo su marido pegaba un puñetazo en la débil pared de la roulotte, de nuevo ensimismado en su ira. Entonces no solo comprendió que resultaba imposible negarse a la petición de Robert, sino que acababa de embarcarse en una misión donde no podía fracasar.

20

Mila volvió a sentir náuseas y un cansancio injustificado. No tuvo ya ninguna duda de que estaba embarazada. Los síntomas eran los mismos que cuando esperaba a Hans. Rememoró entonces aquellos días y le pareció que habían sucedido hacía una eternidad. Se recordaba muy distinta con quince años menos. Era más guapa, más delgada e ingenua, también más enamorada, temerosa y, sobre todo, más feliz. Pero tampoco renegaba de la última década y media. Ni de su matrimonio ni tampoco de su ocupación, aunque esta consistiera en estar cada vez más al lado de Robert a medida que él la iba necesitando en un trabajo sacudido por las frustraciones. Hans había sido, sin duda, el motor de su vida en este tiempo, y ahora, de repente, en un momento en el que se sentía perdida y sin tantas motivaciones, aparecía la sorpresa de un nuevo embarazo.

Se reafirmó en que era mejor mantener a su marido al margen de la noticia, no quería distraerlo de su dedicación profesional. Pero ¿qué opinaría Hans cuando supiese que iba a tener un hermano? ¿O quizá una hermana? A Mila le daba pánico, sobre todo, que su hijo no se tomara bien la llegada de otro miembro a la familia. Sabía que Robert se asombraría, se descentraría y tal vez se alarmaría. Pero también estaba segura de que aceptaría el advenimiento con resignación y algo de alegría. Porque, además, para su marido este segundo hijo llegaba en un momento de la vida donde sus prioridades eran otras. Y Mila lo asumía. No le pediría a Robert una paternidad entregada y devota, ella era consciente de que el cuerpo y el alma de su esposo eran propiedad de la empresa. Se conformaba con que quisiese a ese niño, con que la siguiese queriendo a ella.

El sentimiento de culpa que albergaba Mila respecto al internamiento de Hans quizá fuera aplacado cuando su hijo supiera que iba a tener compañía. Pero le aterraba que el efecto fuera el contrario y que Hans leyese aquel nacimiento como otro destierro, como una barrera más entre sus padres y él, como una especie de traición y la prueba de un desamor ya irreparable.

Mila se peinó delante del espejo. Le pareció que quien supiese mirar apreciaría ya el resplandor de su piel y de su pelo, el destello de sus pupilas. Incluso se notaba los pechos más voluminosos. A lo mejor de eso sí que se daba cuenta su marido. Sonrió ante su reflexión, se puso un abrigo más tupido para afrontar la enojada tramontana y salió a la calle en busca de Fran.

De su estancia en la pensión de Lola y Sagrario sabía que Fran libraba los jueves y que solía pasarse por la cafetería del hostal a conversar con los senderistas y, especialmente, a charlar con la chica más bonita del pueblo, Lola. Así que aquel jueves por la mañana acudió al bar de la pensión, que estaba condensado de humo de tabaco, y vio a Fran con algunos montenevinos, entre los que reconoció a Joaquín.

La alemana comprendió que no era útil abordar al chico delante de los demás, así que se pidió una cerveza y dos gildas y pasó lo más desapercibida posible. Desde un rincón apreció la timidez del profesor y el embelesamiento del periodista ante Lola. Poco le era ya ajeno a Mila en el pueblo. Mientras que Robert se pasaba el día con su mono y su cartuchera supervisando y dando órdenes en las obras, a ella le gustaba la gente, relacionarse, comprender las dinámicas amistosas y amorosas de los lugareños, así como los diversos enconos entre los aldeanos.

Ya era la hora de comer cuando Mila alcanzó a Fran en el puente de piedra, corto y pronunciadamente convexo sobre el arroyo cristalino. El viento fustigaba la cara de Mila y la ondulante estatura del periodista.

—Hola, Fran.

El chaval se dio la vuelta en el vértice del puente y se detuvo sorprendido, casi asustado.

—Hola.

—Quería hablar contigo.

—Pues habla.

Mila, que andaba unos pasos rezagada, se aproximó a él.

—Es sobre el artículo que has escrito en *La Gaceta*.

—Bueno, me alegro de que lo hayas leído. Y de que os haya gustado tan poco como para que vengas a buscarme.

—Pero está muy bien escrito.

—¿Me estás vacilando?

—No, no, nada de eso, perdona. Lo que quiero decir es que me parece que eres un tipo muy listo y culto, y por eso quiero explicarte bien el proyecto, que veas que...

—Ah, ¿sí? ¿Ahora me lo quieres explicar, aunque tu marido no habla con nadie del pueblo? Ni el alcalde, al que habéis comprado.

Mila se quedó en silencio concediéndole una aserción. Así confió en ganarse cierta simpatía.

—Pero no vengo a contarte todo lo bueno que va a traer el proyecto al pueblo —se arrancó la alemana—, sino lo malo.

—¿Hay peores cosas de las que ya sabemos? —respondió Fran desafiante mientras el viento del mediodía le acariciaba las incipientes entradas.

—Quizá no muchas. Al menos para ti. Supongo que sabes de sobra que, cuando pongamos en marcha el hotel, Lola tendrá que cerrar la pensión.

A Fran le cambió el gesto. Mila conocía sus flaquezas y estaba dispuesta a aprovecharlas.

—Digo que Lola tendrá que cerrar porque estará, además, sola —prosiguió.

—Tiene a su madre.

—Sí, ahora tiene a su madre. Pero desgraciadamente Sagrario está muy enferma, yo la he estado viendo a diario durante las últimas semanas y me temo que...

—Pues entonces no construyáis un hotel y no hagáis que Lola se vaya. Si es que de verdad es un hotel lo que estáis haciendo.

—Todo lo contrario —respondió Mila, obviando las dudas sobre la naturaleza del proyecto—. Lo último que queremos es que la gente se marche del pueblo, y menos Lola, a la que tengo muchísimo cariño, como a Sagrario. Es precisamente nuestro hotel lo que salvará a Lola y a su pobrecito hermano, lo que les permitirá quedarse.

Fran seguía expectante y desconcertado por el sorprendente argumento de la alemana.

—Sin nuestro proyecto, cuando muera Sagrario, Lola se irá —concluyó Mila—. No podrá sola con la pensión y con su hermano, o quizá, simplemente, no quiera seguir con el negocio. Probablemente se marche con Marc a otro sitio, a dedicarse a otra cosa. He oído que ese chico tiene un montón de dinero y de contactos.

Fran se estremeció, más por las palabras de aquella mujer que por el invierno que azotaba ya la copa del puente.

—Créeme, Fran, no te conviene ir contra nosotros.

—Sois unos cabrones.

—Te equivocas. Somos buenas personas, pero de eso a lo mejor no puedo convencerte. Solo pretendo que entiendas que lo que sí somos es la única opción para que Lola no se vaya de aquí para siempre. Te prometo que le daremos trabajo en nuestro hotel, en nuestro restaurante, donde ella quiera. Y que estará encantada con nosotros. Cuidaremos bien de ella y de su hermano.

El viento comenzó a amainar. El cambio del clima se asemejaba a la mente del periodista, que también había empezado a mutar, a considerar nuevas opciones, a reestructurarse.

—¿Y qué hay de los demás? Estáis jodiendo el pueblo, y no solo la naturaleza, sino lo que es más importante: las relaciones de la gente. Por vuestra culpa, María ya no se habla con su padre, el alcalde. En realidad, ya nadie se habla con el alcalde, todos odian aún más a Severiano y...

—Piensa en ti, Fran. Es muy honroso que te conviertas en el defensor de Monte Nieves, pero aquí todo el mundo hace lo que le conviene, incluidos nosotros, por supuesto. Pero ahora resulta que, como te digo, nuestros intereses y los tuyos son los mismos. No te quedes solo, Fran. Ahí no está la felicidad.

Mila se dio la vuelta. El sol había empezado a velar las nubes y todavía el viento se revolvía en inútiles estertores. El chico vio cómo Mila bajaba la empinada pero breve pendiente del puente y torcía por la calle de la panadería. Permaneció allí arriba, en la cúspide del arco de piedra. Solo.

21

Tras hablar con Fran, Mila atravesó caminando el pueblo. Pasó la panadería para llegar a la plaza, con su imponente ayuntamiento. No pudo evitar pensar en María y en el alcalde, en la relación rota entre un padre y un hijo. En el fondo Robert y ella habían aceptado el encargo español en el que estaban sumidos con el propósito de crecer profesionalmente, pero la razón última de esa aventura era que Hans los admirase. Hay un momento en la vida en que los hijos dejan de pretender la aprobación de los padres y son estos quienes necesitan la de sus hijos. En esa fase se encontraban Mila y Robert, tratando de recuperar la atención y el cariño de un niño mientras soltaban los lazos de relaciones familiares ajenas. ¿Estaba aquello bien? Ella, desde luego, enmendaría con su futuro hijo los errores cometidos con el primogénito. Mila fantaseaba con tener una unión áurea con la nueva criatura, una conexión infalible.

La familia de Sagrario, por quien de verdad Mila, tal cual le había confesado a Fran, sentía un enorme aprecio, también se estaba tambaleando desde su llegada. La enfermedad de la dueña de la pensión parecía haberse acelerado con los disgustos y temores respecto al nuevo hotel, y Marc ya se había visto forzado a abandonar a Lola a saber por cuánto tiempo.

Para aliviar una conciencia que comenzaba a atormentarla, Mila dejó atrás el pueblo y comenzó a andar por la montaña. A veces daba paseos contemplando la belleza del paisaje, los riachuelos zascandiles, los atardeceres púrpuras, las crestas montañosas como lomos de tigre. Había oído que habían muerto las abejas de Marc, que alguien había visto truchas inertes arrastradas por la corriente. Sin embargo, ella quería creer que aquello eran mentiras o exageraciones, que su proyecto no estaba acabando con ese paraje idílico, que la novedosa táctica de extracción de gases que estaban probando, al fin y al cabo, a pesar de inyectar en la tierra aditivos químicos y de liberar gas metano, estaba perfectamente controlada y no dañaba el entorno. Robert le había explicado y prometido en varias ocasiones que el gas que obtenían del subsuelo era encapsulado de forma limpia e inofensiva.

Mila siguió caminando, ahora en dirección a su caravana. Le gustaba surcar la parte más frondosa del valle y allí escuchó a algún pájaro piar. El sonido era desesperado y continuo, muy cercano. Buscó su procedencia. Pensó que se trataba de algún ave herida hasta que dio con un nido de jilgueros. Se quedó maravillada. Cuatro polluelos piaban al cielo estirando desesperadamente sus cuellos. Quizá fue el embarazo, o las hormonas, o sentir de nuevo que algo crecía en su interior lo que la conmovió casi hasta las lágrimas. La abordó una ternura incontrolable observando a esas crías en el codo de una rama, aguardando, probablemente, la llegada de su protectora con comida.

Se quedó allí un rato, buscando las diferencias entre los pajaritos, distinguiendo el tono de cada uno de sus reclamos, fantaseando con sus plumajes venideros, con el día en que emprendieran el vuelo y fueran capaces de observar esas montañas desde lo alto, planear sobre los embalses y las gargantas. Y por unos instantes se sintió en paz. Reconciliada con Hans, con su vientre, con Robert, con la dichosa empresa, con Monte Nieves y sus gentes. Y derramó una lágrima. Y pensó que eso del embarazo la estaba poniendo excesivamente sensible.

Cuando atravesó la fortificación que contenía las obras, se encontró allí con su marido dándole órdenes al operario de una excavadora. Lo miró de arriba abajo. Vestía el mono negro con el escudo de la empresa, el revólver en la cintura, el casco rojo y unas botas altas.

Por un segundo Mila sintió repulsión. La imposición, las máquinas, el ruido, la tierra profanada, la indumentaria paramilitar, toda aquella estampa representaba lo opuesto a su reciente paseo. Se acarició secretamente la barriga mientras se aproximaba a Robert, que llevaba gafas de sol y ni siquiera se percató de su presencia hasta que estuvo a su lado.

El alemán sonrió a Mila y le hizo un gesto para que esperase un segundo mientras terminaba de hablar por un walkie-talkie. Ella lo observó y lo percibió lejano. ¿Sería verdad que en este pueblo todas las relaciones se agrietaban?

—Esto va fenomenal —anunció él después de colgar el interfono en el cinto.

—Me alegro —pronunció Mila con desgana.

—Mañana llegan las primeras cepas, que colocaremos durante el fin de semana.

—Estupendo.

—¿Qué? ¿Hablaste con ese periodista?

—Sí.

—¿Y qué?

—Nada, bien, todo bien.

—¡¿Qué quiere decir: «Todo bien»?! ¿Puedes contarme qué ha pasado? —protestó Robert.

—Creo que le he convencido. Ha entendido que le conviene estar de nuestro lado.

—¡Genial! El amor mueve montañas, ¡incluso estas! —rio el hombre con una carcajada que acabó de llevarse a Mila a años luz.

Luego la mujer se despidió para ir a hacer la comida. Él no le devolvió el adiós porque alguien le estaba empezando a hablar por el walkie-talkie. Mila Fischer entró en la caravana. Volvió a llorar.

2026

22

El humo del cigarrillo parece un alma ascendiendo a los cielos. En el cementerio, las lápidas son casi todas de mármol negro. Han vuelto a enderezarse algunas, otras están apoyadas contra la tapia de piedra aún coronada por un escueto techado de pizarra. Algún brote de la hierba que alfombraba el camposanto asoma entre un barro que ha empezado a agrietarse y a ceder. Dos de los cinco cipreses que escoltaban el camino hacia la pequeña capilla se han vencido hasta tocar el suelo.

Vero observa el desolado escenario mientras fuma. Los arreglos van desesperadamente lentos. El segundo corrimiento de tierras deshizo gran parte de la reconstrucción previa. Cuando la luciérnaga del pitillo está a punto de quemarle la uña esmaltada de negro, Vero tira al suelo la colilla y llama a Eva.

—Creía que te había arrastrado la riada a ti también.

—Pues casi. No te puedes fiar, en cualquier momento hay otro corrimiento de tierra —advierte Vero.

—Bueno, ya sabes que aquí eso no pasa.

—Ya, allí hay otra clase de corrimientos —susurra Vero intentando un forzoso y algo brusco acercamiento a su novia.

—Los había.

Vero considera encenderse otro cigarrillo. Mira el cielo de hielo azul. No sabe qué sentir.

—Te echo de menos —dice sin mucha convicción.

—Y yo a ti —replica Eva. Y tampoco suena limpia su confesión, todavía profanada de resentimiento y de decepción—. Han venido a arreglar la caldera.

—¡Ah, qué bien!

—Sí, ya nos podemos duchar sin miedo a la congelación. Bueno, me puedo duchar.

A Vero le duele la pulla, pero la encaja en silencio.

—Estoy pensando en volverme ya a Madrid y regresar cuando todo esto se solucione, aunque sea dentro de tres días —miente.

—Como tú veas. Ya sabes que estoy aquí esperándote y que te quiero y siempre voy a esperarte —pronuncia Eva con una sinceridad sin debate en un arrebato de amor.

—Yo también te quiero.

Vuelve a hacerse el silencio, pero el mutismo es más cálido.

—Bueno, te tengo que dejar que tengo una *call* —anuncia Eva.

—Vale, vale, venga, luego hablamos.

Vero cuelga y sonríe. Siente algo de paz. No es especialmente amor, sino paz.

Encuentra un placer inusitado en la idea de volver a encenderse un cigarrillo. Gira la esquina de la tapia y de repente ve aparcado un coche. Un poco más arriba se inician algunas rutas de senderismo, pero ahora hay carteles avisando de peligro por estar abierto el coto de caza mayor. Alguien debe de estar en el cementerio.

Mira dentro del diminuto depósito, pero no encuentra a nadie. Entonces escucha ruidos que parecen provenir de la casita donde pone TANATORIO. Se asoma a la puerta y ve a Patricia haciendo fotografías a uno de los cuerpos que habita dentro de un carcomido ataúd.

—Hola —dice Vero divertida.

—¡Me cago en la puta, qué susto! —grita la agente.

—¿Pasiones necrófilas? —pregunta entre carcajadas.

—No, peor: tormentos paternales.

—¿Por qué? ¿Qué pasa? —inquiere con verdadera curiosidad Vero mientras acaba de entrar en el estrecho tanatorio donde se apilan multitud de féretros astillados.

Patricia guarda su móvil con el que estaba haciendo fotos y se acerca a la chica.

—¿Me invitas a un cigarrillo?

—¿Fumas? ¿Así es como da ejemplo la Guardia Civil?

—Hoy estoy librando, solo soy Patricia. El problema es que, aunque no lleve el uniforme, tampoco soy nunca Patricia. Siempre soy Patricia Sierra, la hija de Antón Sierra.

—El famoso guardia civil.

—Exacto, ¡cómo te acuerdas! —exclama conmovida—, y eso sí que es una losa, no como las que hay aquí.

Las dos mujeres fuman ya fuera del tanatorio mirando el pueblo. Desde la altura del cementerio se ve el tapiz de tejados de pizarra y el campanario de la iglesia con su reloj, su campana y su capirote dividido en cuatro.

—Supongo que todos queremos que nuestros padres se sientan orgullosos de nosotros, es ley de vida, pero en mi caso no solo lo quiero, lo necesito.

—¿Por qué? —inquiere Vero antes de una larga calada con los ojos entornados.

—Porque necesito demostrarle que soy una buena guardia civil, no tan buena como él, porque eso quizá sea imposible o al menos no lo pretendo, pero por lo menos una guardia civil decente.

—A mí me lo pareces. Rescatas a indefensas damiselas de las tormentas.

Patricia ríe.

—No he sido buena guardia civil, Vero —confiesa derrotando la cabeza—. Me metí en líos, me expedientaron. Pero lo que más me dolió no fue el castigo del cuerpo...

—Fue el de tu padre.

—Exacto. Haberle defraudado. Tú me ves aquí tan buenecita, pero he sido una pieza.

—El Seat León con esas llantas no habla muy bien de ti —dispara Vero medio en serio y medio en broma.

Patricia se ríe.

—Pues tienes que ver el tatuaje de un dragón que tengo en el pecho.

—¿Otra vez Stieg Larsson?

—Este me lo hice antes de ver la peli. Te encantaría.

Vero se estremece.

—¿Cuál es tu misterio? —pregunta la agente con una sonrisa desafiante.

—¡Te acuerdas!

—Por supuesto. Parece que nos prestamos algo de atención.

—Lo que te puedo decir es que parece que tú intentas borrar tu pasado y yo recuperar el mío.

Las dos se quedan unos segundos en silencio. Los cigarrillos son ahora ceniza.

—¿Quieres probar esas llantas?

Patricia conduce su coche serpenteando por la carretera hacia Monte Aurora. Vero ha aceptado el viaje sin pensar. No solo el viaje en el Seat León, sino también el viaje junto a Patricia a dondequiera que esta la lleve. Existe en su interior algún sentimiento de culpa respecto a Eva. Pero Vero se toma su atracción por la chica como una prueba necesaria y definitiva para revalidar el compromiso con su novia, un compromiso que se encamina hacia la insuperable cota de la maternidad.

—¿Cuánto tiempo hace que no vas a Monte Aurora? —pregunta Patricia.

—Ni me acuerdo.

—Es precioso. Muy diferente a Monte Nieves, aunque cada uno de los pueblos tiene su atractivo. Quiero enseñarte algo en el pueblo que me encanta.

Vero mira hacia delante. Se suceden los desfiladeros, los embalses detenidos como espejos.

—Ahora solo fumo cigarrillos, pero estuve durante mucho tiempo fumando y metiéndome de todo. No sé. Me veía capaz de cualquier cosa, podía desdoblarme, como una superheroína, ser guardia civil de día y malota de noche. Me creía superior, indestructible. Y la cagué.

—¿Cómo la cagaste?

Patricia tiene las dos manos sobre el volante marcando las diez y diez. Vero mira su perfil de ángulos rectos, la trenza en cascada, la oreja pequeña, sus largas pestañas.

—Creo que, cuando sientes que no puedes estar a la altura de lo que se espera de ti, te rebelas contra esas expectativas. Además, siendo una chica, parece que tengas que demostrar las cosas el doble. Y eso fue lo que me pasó: «Si no puedo ser mi padre, pues seré otra cosa. Mandaré a tomar por culo una pretensión que jamás voy a lograr. Prefiero estrellarme antes que perder la carrera», ¿me entiendes?

—Te entiendo. En mi caso…, mi problema fue que mis padres jamás esperaron nada de mí. Yo también fui malota, ¿sabes? Yo también tengo un dragón tatuado en el pecho. Bueno, una serpiente.

Las dos ríen.

—Mis padres me mandaron a Madrid con doce años —prosigue Vero—. Me quitaron de en medio. Dicen que fue por mi bien, pero yo no acabo de entenderlo. Hay cosas que no entiendo, pero que necesito saber, comprender. Yo no me voy a ir de aquí sin saber qué coño me pasó de pequeña, qué coño le pasó a este pueblo.

—Pues estamos en esto juntas, Watson.

Vero la mira y sonríe.

—Yo estaba antes en el cementerio haciéndole fotos al cadáver del alemán. El crimen ha prescrito y todo…, pero necesito resolver ese misterio, porque esto me reivindicaría respecto a mi padre. Quiero demostrarle que soy una buena investigadora, una buena guardia civil, que la puta sanción disciplinar que me cayó no fue en vano, que he aprendido la lección.

—Todavía no me has dicho lo que hiciste.

—¿Tú quién crees que lo mató? —pregunta Patricia cambiando de tema.

—No sé, alguien del pueblo, supongo.

—Esto parece una novela de Agatha Christie.

—¿Has leído alguna o solo has visto las películas?

Patricia sonríe, divertida.

—Hemos llegado.

La guardia civil ha aparcado a las afueras de Monte Aurora, en lo alto de un risco desde donde se divisa cómo el populoso pueblo se derrama por la ladera colmado de luces y tráfico. Vero piensa que la chica quiere mostrarle la vida de ese entorno, su ebullición, la riqueza que se percibe en los engalanados hoteles y las pulcras plazas arboladas.

—Es un pueblo muy bonito.

—Sí, sí que lo es. Yo soy muy feliz aquí, y tú también lo serías. Cualquiera, en realidad. Pero no es esto lo que te quiero enseñar. Ven.

Dan la espalda al pueblo y caminan unos metros hasta que Patricia se detiene frente a un arce.

—Mira —ordena.

Vero observa el árbol, que, en un principio, no llama su atención. Pero entonces aprecia cómo el tronco, que está muerto, se abre en canal para alumbrar un nuevo mástil arbóreo que se levanta majestuoso antes de eclosionar en una copa rojiza.

—Me alucina —confiesa Patricia—. El árbol ha muerto, pero no del todo. Ahora no sé si son dos árboles o uno. Es como si la naturaleza le hubiese dado otra oportunidad, una segunda vida.

—Como una resurrección.

—Sí, pero sin nada místico, sino que todo es verdad. Es la naturaleza. Somos nosotras. Podemos reinventarnos, aunque parezca imposible. A veces vengo a ver este árbol. Me da esperanza. Parece que nada está de verdad perdido y somos...

Ni siquiera Vero sabe por qué la besa. Una fuerza interior la empuja a los labios de Patricia. La agente recibe el beso sorprendida y encantada. Luego Vero se retira como si despertase de un trance, confundida y avergonzada.

—Perdona —balbucea.

Vero intenta el camino de vuelta al coche pasando al lado de Patricia, quien la agarra por la cintura y la estrecha contra ella.

—Perdonada —anuncia antes de volver a besarla mientras nota cómo se va entregando poco a poco.

Después de un largo beso, Vero le pide que la lleve de regreso a Monte Nieves. El viaje lo hacen en silencio, pero en un silencio cómplice. Cuando la agente aparca frente a la casa de Carmen, Vero mira a los ojos verdes de Patricia y antes de bajar dice:

—Sí. El arce somos nosotras.

23

Vero se sorprende al lamentar que su madre no esté en casa. Vuelve confundida, alterada. ¿Por qué ha besado a Patricia? Siente cómo, a medida que pasan los días en Monte Nieves, se percibe más y más desconcertada. También la descoloca el inesperado deseo de compartir con su madre el beso con Patricia, aunque no sabría cómo abordar el tema con una mujer con la que no tiene mucha confianza. Supondría adentrarse en terrenos pantanosos. En realidad, no tiene ni idea de cómo dialogar con ella misma al respecto.

Abre la nevera, saca algo de embutido que come de pie junto a la encimera. Mira el diminuto huerto y observa cómo el viento ha destapado las fresas. Termina de masticar el salchichón acompañado de pan de ayer y sale al parterre que linda con la cocina. El día se ha tornado ventoso y el frío espinado. Su pelo negro se zarandea cuando hinca la rodilla para anclar a la tierra negra las puntas de la lona transparente. Cava con la mano hundiendo los dedos helados en la arcilla, que la recibe como un guante húmedo. Removiendo la tierra nota que sus dedos dan con algo sólido. Araña más profundamente el suelo y saca dos pequeñas piezas de plástico rectangular del tamaño de una tarjeta de crédito. Limpia la suciedad de las caras, que parecen tener una pegatina ya vejada por el tiempo. Cuando retira el barro se da cuenta de que son dos fichas del

¿Quién es quién? Son las tarjetas de plástico que faltaban cuando jugó hace unos días con su madre. En ellas aparece, en una sobre fondo azul y en la otra sobre fondo rojo, la cara de Richard (según reza el pie de dibujo), un hombre con el rostro alargado, calvo y con barba castaña.

Vero se queda absorta mirando la caricatura. Parece que el viento también revolotea dentro de su cabeza. Algo se ha movido en su interior, pero no acierta a saber qué es. Ya venía agitada emocionalmente por su beso con Patricia y ahora regresa del pasado una imagen que la trastoca. ¿Escondió ella aquellas fichas? ¿Por qué? ¿A quién le recordaba el hombre del dibujo? ¿A quién le recuerda?

Oye ruido dentro de la casa. Ha debido de llegar su madre. Se mete las fichas en el bolsillo y entra en la cocina aterida. Allí está Carmen, que sufre un sobresalto cuando ve a su hija.

—¡Casi me paras el corazón!

—Lo siento. Vaya día de sustos que llevo.

—¿Qué hacías ahí fuera? Hace un frío de muerte.

—Nada, cubrir las fresas.

Carmen aprieta los labios en un gesto de deleite. Luego mira a la encimera y su cara se descompone.

—Pero, Verónica, ¡que te vas a quitar el hambre…!

Madre e hija cocinan unas migas. Mano a mano están a gusto, unidas. No parece que exista el tiempo en Monte Nieves, en aquella casa de piedra y pizarra, en la cocina de madera y azulejos. Pero Vero se nota como partida en dos, con una desazón vital torturadora. «No es bueno sentir el tiempo detenido —piensa—. No puedo viajar al pasado, pero tampoco puedo hacerlo hacia el futuro».

—Mamá.

—¿Qué, hija?

—Dime, por favor, qué me hicieron. Qué pasó aquí.

Carmen saca las manos del bol donde estaba empapando el pan y las seca en el trapo de cocina que cuelga del tirador del horno. Mira a Vero con seriedad.

—No me lo preguntes, por favor.

—Mamá, necesito saberlo, ¿no te das cuenta? ¡Es mi vida, tengo derecho a saberlo!

—Si tu padre estuviera aquí...

—Me da igual mi padre, me da igual que no esté mi padre, ¿por qué me da igual que no esté mi padre? ¡¿Qué coño pasa?! ¿Por qué me he tatuado el medallón de María? ¿Por qué ya no pinto? ¿Por qué no creo en Dios? ¿De qué estaba huyendo? ¡¿Quién coño soy?!

—Eres Vero, mi hija... —dice Carmen con las pupilas palpitantes de lágrimas.

—Eso no es ser nadie —dispara Vero mientras vuelca de un golpe las migas y se retira a su habitación.

Da un portazo, echa el pestillo y se tumba en la cama bocarriba. Mira las vigas de madera del techo, la lámpara con la tulipa de flor. Intenta que amainen la furia, la frustración, el dolor. Oye unos toquecitos en la puerta.

—Vero, Vero...

No responde.

—Vero, cariño, abre.

—Déjame en paz.

—Cariño...

—Pasa solo si me vas a contar todo. He entrado en mi vieja habitación.

Carmen no contesta.

—Vuelve a tu vida, Verónica.

Oye cómo su madre se aleja de la puerta y sale de la casa. Tras escuchar el cierre siente alivio. Todavía permanece un rato más tumbada. Ya no tiene hambre. Se incorpora, se queda sentada unos segundos y luego se pone de pie y sale de la habitación. Sube las escaleras hasta su cuarto de niña y entra.

Se detiene en el centro de la estancia, contemplando aquel mausoleo de niñez perdida. Se saca del bolsillo las fichas del *¿Quién es quién?* y las deja en la mesa donde dibujaba y hacía los deberes en su infancia. Otra pieza más del puzle cuya respuesta, probablemente, se halle entre las paredes de ese cuarto, piensa Vero. Retira con violencia la mirada de los que no miran, de las muñecas y los peluches que, con los ojos vendados, se alinean encima de la cama recordándole, como su madre, que la ceguera parece ser la mejor alternativa.

Entonces descubre en la pared un viejo calendario y observa que la palabra FECHA tiene la F tachada. ECHA es lo que se lee sobre el cuadrado de números. No entiende nada. ¿Qué se quiso decir a sí misma? ¿Por qué encriptó sus propios mensajes? ¿Cómo es de profundo el agujero negro de su memoria? Llena de dudas, cierra la habitación de un portazo y abandona la casa.

Frente a la puerta principal siente ganas de llorar, de gritar. Llama a Eva para que la consuele, pero el teléfono suena sin cesar y su chica no lo coge. Cuelga. Lo intenta de nuevo hasta que salta el contestador y entonces vuelve a apretar el botón rojo.

El viento le contrae el cristalino. Lagrimea antes de subirse a su moto. Se pone el casco y enciende el GPS, donde escribe «Madrid». Arranca, rememora el beso con Patricia. Se queda unos segundos quieta, ya con los ojos protegidos por la visera, a horcajadas sobre la Honda al ralentí. Luego apaga la moto. Se quita el casco. Se baja. Entra en casa. Hace frío.

1995

24

Lola estaba realmente preocupada por el silencio de Marc. Hacía ya una semana que se había marchado y no daba señales de vida. Pero no era ella la única a la que inquietaba esa ausencia de comunicación. Todos los que velaban por la integridad del pueblo se mostraban nerviosos, pues el compromiso de Greenpeace con su causa se iba poco a poco descartando como una solución. Así que decidieron reunirse para abrir otra vía de contención al proyecto «enoturístico». Se amotinaron en el bar de la pensión de Lola y Sagrario. La mujer, enferma, ni siquiera asistió al cónclave, pues estaba encamada y bastante mal. Pero sí que comparecieron Lola, Joaquín, Nicolás, Fran, María, Ángel, el tío médico de Vero y su padre, Tino.

—Tengo información de primera mano de Madrid: la licencia del hotel ya está aprobada —soltó Joaquín.

—Bueno, eso se veía venir —apuntó Ángel.

—Me parece a mí que la única solución va a ser prenderle fuego a esas obras —escupió Tino.

—Así no vamos a arreglar nada, Tino. Luego vendrán más camiones y, cuando los quememos, vendrán otros más —razonó el médico.

—Seguro que Marc consigue ayuda. Esto solo lo puede parar un organismo internacional, es un abuso contra el medioambiente, y es por ahí por donde hay que ir —concluyó Lola.

—Eso es verdad —la secundó María.

—No podemos seguir esperando a que Marc nos solucione el problema —argumentó el profesor—. Seguro que está haciendo lo que puede, no digo que no, pero hay que empezar a pelear también por otro lado.

—¿Y por dónde? —interrogó Nicolás.

—Tengo un primo en el Ministerio de Obras Públicas, Transportes y Medio Ambiente que nos puede ayudar. Él tiene contacto directo y muy buenas relaciones con Borrell —informó Joaquín.

—Esos socialistas son más corruptos que nuestro alcalde, se mueven por amiguismos y no sé si tendrán mejores amigos que tú —se quejó Tino.

—Bueno, intentémoslo —replicó el profesor.

—Recurrir a contactos y pedir favores no está mal —aclaró Nicolás—. Es, además, por una buena causa. Nosotros no vamos a untar a nadie, solo vamos a contarle al Gobierno el atropello que estamos sufriendo.

—Creo que nos estamos equivocando —sentenció el periodista.

Se hizo el silencio en el bar, con su mobiliario de madera, bancos corridos en las mesas oscuras, humo de cigarrillos y la luz atrapada en las copas prendidas en la cornisa sobre la barra.

—¿Qué quieres decir? —preguntó Lola.

—Pues que quizá lo inteligente es darle la vuelta a todo. Por un lado, asumir que no vamos a poder parar nada, y, por otro, pensar qué beneficios nos puede ofrecer esta iniciativa.

—¿Ahora lo llamas «iniciativa»? —protestó Tino—. Qué progre, ¿no?

Ángel se carcajeó del comentario del padre de Vero.

—El hotel, el viñedo, la clase de turismo que traerá... Podemos sumarnos a lo bueno que tiene todo eso, a puestos de trabajo, a vivir mejor. Los jóvenes se están yendo a Monte Aurora, la...

—Pero, Fran, joder, ya no se trata de un hotel y un puto viñedo. Es que están jodiendo la naturaleza, ¡que las abejas y las truchas se mueren, coño! —gritó Joaquín soliviantado.

—Eso es verdad —subrayó Lola.

—Lola... —prosiguió el periodista mirando a la chica a los ojos—, me han prometido que te darán trabajo en el hotel si lo necesitas y que nos ayudarán a todos si es necesario. A ellos también les conviene estar a bien con el pueblo, ¿no os dais cuenta de que ellos también nos necesitan?

—Así que vas hablando con ellos a escondidas... ¡Eres un vendido de mierda! —bramó Tino.

—Por favor, tranquilicémonos —intentó templar el cura.

María gimoteó.

—Supongo que podríamos llegar a debatir si un hotel y un restaurante les vienen bien o no al pueblo, pero lo que no está en cuestión es que la contaminación y el CO_2 no le benefician a nadie. A nadie del pueblo, me refiero, porque seguro que se están haciendo de oro en Alemania a costa de nuestro gas —elucubró Ángel.

Lola se había desligado del círculo para servir otra ronda de vino y cervezas cuando por la puerta de la pensión apareció Severiano. Todos los presentes se cohibieron ante la llegada del gran terrateniente del valle, una especie de cacique todopoderoso en cuya mano se mecían los destinos de gran parte de los habitantes de aquellas laderas.

—Buenos días, paisanos —saludó sarcásticamente el hombre.

Don Severiano vestía una pesada zamarra de piel. Era un tipo alto y con la espalda enhiesta a pesar de sus sesenta y dos años. Su pelo era ya gris y estaba en retirada, pero sus andares y el destello de sus ojos azules permanecían ilesos. Las fundas en sus dientes dotaban a su sonrisa de un halo de caricatura. Vestía aquella mañana unas botas altas de caza y una camisa a cuadros. No llevaba jersey.

—Me habían dicho que había hoy aquí una reunión para salvar el pueblo —se burló Severiano.

Los congregados lo miraron callados mientras el recién llegado se acodaba en la barra.

—¿De verdad es esta? —cuestionó desafiante.

Lola, que había regresado al grupo, volvió a abandonar el saloncito para ponerse detrás de la barra y preguntarle sumisamente a Severiano qué deseaba tomar.

—Ponme una copa de champán. Vamos a celebrar.

—No servimos por copas el champán —balbuceó la chica.

—¡Pues abre una botella, niña! Y ponles una copa a mis invitados.

—No somos sus invitados —le contradijo Joaquín.

—Si les invito, son mis invitados.

—Métase el champán por el culo —escupió Tino.

—Vaya, qué grosero... ¿Ves? Por eso es bueno que llegue gente europea, a ver si os refináis un poco.

—Idiota —susurró Ángel.

—Ya podéis iros haciendo a la idea de que las cosas no van a ser como antes. Y si no os gusta os podéis largar del pueblo. Este sitio va a dejar de ser un nido de paletos.

—No hace falta insultar —puntualizó Nicolás.

—No es un insulto, sino un diagnóstico —replicó Severiano antes de darle un trago a la copa de champán recién servida.

—Usted será aquí el rey, pero no es nadie fuera del valle. Ya verá cómo se le bajan los humos cuando vengan los de Madrid —aseguró Joaquín.

—¿De Madrid? ¿Y quién los va a traer aquí?, ¿tú?

—Sí, yo. No tienes ni idea de los contactos que tengo en el Gobierno.

Severiano volvió a coger la copa, se la brindó a sus interlocutores y dijo: «Por el Gobierno», antes de acabársela de un trago.

—Vamos, Fran, que te invita a champán tu amigo, tómate una copa antes de que se acabe la botella —dijo Tino.

—No entendéis nada —musitó el periodista.

—Ya, ya nos lo ha dejado claro tu compinche: somos unos paletos —resolvió Ángel.

Fran no quiso seguir discutiendo. Cogió su abrigo, se lo perchó en el antebrazo y se dirigió a la salida.

—Adiós, Lola.

—Adiós —le dijo a su vez la chica.

—Uno menos —contabilizó en alto Severiano.

—Tú sí que vas a ser uno menos —advirtió Joaquín.

—Ah, ¿sí?

—Vamos a acabar con todo esto y, de paso, vamos a acabar contigo.

—Ten cuidado, pro-fe-sor, a ver quién acaba con quién.

Lola se colocó el pelo, cogió aire y le dijo a don Severiano:

—Son seiscientas cincuenta pesetas. Y no es champán, es cava.

El terrateniente sacó la abultada cartera, puso dos billetes de quinientas pesetas encima de la barra y sentenció:

—Quédate con el cambio, *sommelier*, que te va a hacer falta.

El dueño de la mayoría de las tierras de Monte Nieves volvió a guardarse la billetera y recorrió los cuatro pasos que lo separaban de la salida.

—Cuando no os vea, os acabáis la botella —pronosticó Severiano antes de desaparecer.

25

La primavera se giró como una bailarina. Dejó de danzar hacia el verano y volvió sobre sus pasos. Y en ese día frío, polizón de mayo, murió Sagrario.

Su hijo pequeño, por alguna cabriola macabra del cerebro, estaba contento. Su averiada cabeza no le permitía ser consciente de la tragedia, sí de la bajada de las temperaturas y del sabor de la grosella, y del tacto pálido de la mano de su hermana, que lo peinaba con agua y colonia de farmacia. Y el chico reía con carcajadas estentóreas, aplaudía con escaso acierto, pataleaba sobre los estribos de su silla de ruedas al tiempo que el jersey se empapaba de baba. Lola lloraba y el cuello de su blusa también se humedecía mientras acicalaba a su hermano para la misa funeral.

La iglesia olía a armario de arcipreste. La lluvia del día anterior parecía haber anidado como murciélagos en el techo de piedra. Allí se congregó todo el pueblo. El frío hacía incómoda la liturgia, muchos asistentes ya habían guardado sus abrigos más recios y escuchaban a Nicolás con un silencio imperativo, intentando transmitirle la urgencia del final de la ceremonia. Lola estaba sentada en primera fila con su hermano, que a ratos parecía quedarse dormido, pero de repente salía de su letargo y aleteaba los párpados, desorbitaba las pupilas, porque no parecía reconocer el entorno y, desde luego, ignoraba el dramatismo del ritual. Desde su silla de ruedas miraba hacia arriba a su hermana, en pie, con la misma devoción con la que la Virgen del fresco de la iglesia vislumbraba el cielo.

La chica estaba más guapa que nunca. Su hermosura se zafaba del vestido de tristeza, los ojos verdes eran inmensos en el estanque de lágrimas. Su figura lucía recta, el pelo recogido formaba una diminuta corona. Nicolás de verdad estaba afectado por aquella pérdida y sus palabras sonaron sinceras y graves. Luego llegó el «Podéis ir en paz» y los feligreses rompieron filas como un batallón de permiso.

Fran se acercó a Lola y, sin decir nada, la rodeó con los brazos. Inclinado desde su estatura arquitectónica, la chica olió su perfume de jara y sintió la punzada de los pelos de su perilla y la caricia de su compasión.

—Sabes que puedes contar conmigo para lo que sea —susurró él.

—Ya, ya lo sé. Gracias, Fran.

—De gracias, nada. Yo te quiero.

Ella sonrió entre la pena, la indiferencia, la vergüenza, la ternura y el vacío. Muchos otros se aproximaron a Lola a darle el pésame, a hacerle una carantoña a su hermano, a despedirse de alguna manera de aquella señora que había sido una institución en Monte Nieves, una mujer luchadora, golpeada duramente por la discapacidad de su hijo y la temprana muerte de su marido. Sagrario era querida en aquella aldea, que la sepultaría junto a sus padres y su esposo en ese bonito cementerio cuadrado en lo alto del pueblo.

Pero en aquella misa había otra mujer, aparte de la Virgen del altar y Lola, que había acaparado todas las miradas: Mila. La alemana no había querido perderse el adiós de Sagrario, con la que había intimado más de lo que habría imaginado al llegar al Pirineo. Durante las semanas en las que se había hospedado en el hostal, las dos mujeres charlaban tras el desayuno, cuando Robert ya se había marchado a las obras de las afueras del pueblo. Mila mantuvo su amistad un poco al margen de su marido, quien no creía conveniente alternar en exceso con los lugareños, a los que, por otra parte, tampoco tenía en muy alta estima.

Mila le hablaba de Bremen, de lo diferente que era de Monte Nieves, y Sagrario le contaba cómo se cocinaban los boliches. Pero donde más conectaban era conversando sobre sus hijos. No tocaron nunca, sin embargo, el tema de los maridos. Mila no se quejó de Robert y la posadera no lamentó su viudedad.

Para Mila, la muerte de Sagrario era una pérdida inusitadamente dolorosa. Ella era su verdadero contacto con el entorno, con su nueva vida. Aquella señora nunca le dio de lado a pesar de que no era popular estar a bien con los alemanes. Parlotearon de mujer a mujer, de madre a madre. Sagrario, viviendo en el acantilado de la muerte, ignoraba los chismes, las habladurías, las críticas en los bares y los callejones. Tenía mucha experiencia tratando con la gente, había hospedado a miles de personas en su pensión a lo largo de las últimas décadas. Sabía quién le gustaba y quién no, quién tenía buen fondo y, a la vez, arrojo. Esa era la combinación que le atraía. Y así era para ella la señora Fischer.

Regresó Mila a su caravana. Se despojó de su abrigo sin dejar de mirar el suelo. Allí estaba Robert, con las migas de unas patatas de bolsa derramadas por el jersey, repantingado en el butacón, descalzo y sin afeitar.

—¿Ya han enterrado a nuestra posadera?

Mila alzó la vista plomada para mirarlo con antipatía.

—Se llamaba Sagrario.

—Me da igual. Hacía buenos cafés. Una pena.

Mila pasó de la repulsión al desprecio.

—Era una buena persona, Robert. Este pueblo está lleno de...

—¿Has leído el artículo del plumilla? —la interrumpió.

—No.

—Mira, te leo —anunció Robert mientras se levantaba de la butaca dejando caer los fragmentos de patatas fritas al suelo para luego pisarlos con los calcetines azul marino.

Cogió *La Gaceta del Valle* y de pie, con gesto y tono declamatorios, leyó: «Muchas veces la prosperidad de una región es consecuencia de la valentía. Las sociedades no progresarían si no arriesgasen, si no apostasen, si no invirtieran sus recursos en nuevas formas de enriquecimiento. Los pueblos que se estancan, que se encierran en sus tradiciones y su conservadurismo, acaban desapareciendo. Las sociedades son organismos vivos y la inercia de la propia vida nos lleva a movernos, a evolucionar, a superarnos, a estar en una búsqueda constante de nuevas oportunidades para sobrevivir y alcanzar cotas más altas de felicidad».

—Y sigue, sigue, sigue... —apuntó Robert—. Vamos, que te he leído el párrafo más espeso y donde se hace el sociólogo, pero más abajo dice que lo conveniente es estar de nuestro lado. Esto nos va a venir fenomenal.

—Ya.

—¿Qué pasa? ¿No te alegras? ¿Estás todavía triste por la vieja del hotelucho?

—¡Que no la llames vieja!

—¡No sé qué coño te pasa! ¡Tendrías que estar contenta, joder! El gas está saliendo a los niveles marcados, si seguimos así cumplimos con la cuota del mes. Me felicitarán, por fin se hablará bien de mí en la empresa.

—Solo te interesa la empresa.

—¿Solo? No. Me interesa primero la empresa y luego otras cosas.

—Luego, por ejemplo, tu hijo.

—¿Qué pasa con mi hijo?

—Que no lo llamas, Robert, que hablé ayer con él y estaba llorando y...

—¡Pues que deje de llorar, joder, que se haga un hombre! Ahora resulta que me tengo que compadecer de todo el mundo. ¿Y quién se compadece de mí, eh? Que cada uno pelee su vida.

—El problema es que yo ya no sé cuál es mi vida —gimoteó Mila.

—Pues ese es problema tuyo. A mí no me responsabilices de nada, ¡ya está bien! Yo te doy una buena vida, te la he dado siempre, ¿o no? Te di un hijo y renuncié a irme a trabajar a Berlín, pero ahora es mi momento. Busca tú misma qué te hace feliz.

Mila estuvo a punto de decirle que lo que le hacía feliz estaba creciendo en su interior. Pero supo que no era el momento, que esa noticia solo empeoraría las cosas.

—Me hace feliz hacer a la gente feliz —sentenció Mila.

—Pues debería hacerte feliz hacer a tu marido feliz.

Robert le tiró la gaceta a la cara, que se estrelló dolorosamente contra su ceja antes de caer al suelo como una paloma muerta.

—Y, por cierto, muy buen trabajo con el periodista —le escupió antes de salir de la roulotte con un portazo.

TERCERA PARTE

El deshielo

2026

26

Vero se sorprende cuando ve a Patricia en la puerta de casa a primera hora de la mañana. Va vestida con el chaquetón oficial y la gorra. Sus pequeños ojos verdes hacen juego con la indumentaria. Pero está seria, demasiado seria. A ella, por un instante, le incomoda la intrusión de la agente, aunque, por otro, la conmueve que haya ido a buscarla. Aunque lo que verdaderamente la perturba es llevar puesto el jersey y los pantalones del pijama, tener el pelo recogido en un improvisado hatillo y calzar las zapatillas de estar por casa viejas y rosas que le ha prestado su madre.

—Perdona que te moleste tan temprano —se excusa.

—No pasa nada.

Vero la contempla, tan guapa y serena. Ahora no parece una cría. No se había percatado antes, pero tiene una velada cicatriz en la barbilla.

—Mi compañero y yo estábamos temprano en el cementerio echando una mano a los de Protección Civil y a los albañiles que ya están arreglando las tapias y la capilla, y... un poco más arriba ha aparecido un cuerpo.

—¿Un cuerpo?

—Sí. Un cuerpo que no estaba en el cementerio.

—¿Cómo que...?

Vero se queda atónita, prueba a decir hasta tres palabras, pero con ninguna acierta más allá de la primera sílaba.

—Pasa, pasa —resuelve finalmente.

Patricia se quita la gorra al entrar en la casa.

—Mi madre se ha ido a la compra. ¿Quieres algo de desayunar?

—No, gracias. Ya he desayunado.

—Qué madrugadora.

La agente fuerza una mueca que se supone que debe de ser una sonrisa.

—Ven a la cocina, que está más calentita.

Y al segundo siguiente se recrimina haber utilizado el diminutivo.

—Cuéntame un poco mejor eso del cuerpo —pide Vero mientras se entibia las manos con una taza de café recién servido de la oxidada cafetera.

—Ni estaba en el cementerio ni es del pueblo. Vamos a dar parte, pero antes quería contártelo.

—Me parece estupendo, pero... ¿por qué?

—Somos Sherlock y Watson, ¿no? —argumenta ella, rompiendo por fin su formalismo y desplegando una sonrisa cegadora.

—Yo nos veía más como la hacker y el periodista de *Millennium*, lo otro me parece un poco antiguo, pero si quieres ser Watson...

—En realidad Watson eres tú, creía que eso lo tenías claro.

Las dos sonríen.

—Vale, ponme un café.

Vero se levanta del banco que bordea la mesa de la cocina y vierte la bebida mientras Patricia la observa sentada.

—No sé yo si combinan del todo esas pantuflas con la serpiente del pecho.

Vero se mira las zapatillas avergonzada.

Luego se ríe.

Le parece cómica su indumentaria. Sabe que tiene ganada a la chica, así que no le cuesta acabar mofándose de sí misma.

—Peor es lo tuyo. Tampoco marida bien el dragón con la banderita de España que llevas en el brazo.

A continuación regresa al lado de Patricia. Beben el café sentadas una al lado de la otra y se miran con la boca tapada por la taza en el momento del sorbo. Los ojos verdes de la agente se clavan en el iris negro de Vero y en ese momento solo hablan las pupilas, no existe la boca ni el resto del rostro para interpretar qué está sintiendo cada una en esos segundos de conexión visual. Pero las dos saben que están en sintonía. Se reconocen en una idéntica frecuencia sentimental, experimentan una complicidad excitante, una flamante unicidad.

—Acompáñame a ver al alcalde. Hemos llamado al juez y al forense para que hagan el levantamiento. Es un cadáver reciente. Pero hay que comunicárselo al alcalde de Monte Nieves, porque lo hemos encontrado en su pueblo.

—Dame diez minutos.

En realidad, Vero tarda veinte en salir arreglada de su cuarto. A Patricia no le importa esperar porque sabe que aquellos minutos extra se los está dedicando a ella. Se ducha rápido, pero luego emplea un buen rato en decidir el atuendo, o eso quiere imaginar ella cuando la ve aparecer con el pelo negro aún húmedo y con un jersey de un granate encendido que es obvio que la favorece.

—Qué guapa.

—He estado a punto de dejarme las pantuflas.

—Eso habría sido genial.

Caminan hasta el ayuntamiento. Allí Patricia pide ver a don Enrique, pero le dicen que todavía no ha llegado. Son las diez y cuarto de la mañana y le advierten de que no hay una hora fija para su aparición. Incluso es posible que no acuda a su despacho en todo el día.

—Yo sé dónde vive —le informa Vero.

Enrique está todavía arropado con una bata de cuadros verdes y negros. No tiene ningún reparo en invitarlas a entrar, y no se esfuerza en dar explicación alguna de por qué no está en su puesto de trabajo un día laboral ni por qué la casa huele a cloaca.

—Buenos días —saluda Patricia nada más entrar—. Soy la agente Sierra. Me gustaría que nos acompañara al cementerio.

—¿Agente Sierra? ¿No serás la hija de Antón?

—Sí, señor —reconoce con algo de fastidio.

—¡Vaya, la niña le ha salido guardia civil! Un fenómeno, tu padre. Estuvo muchos años destinado en Monte Nieves, supongo que lo sabes. Antes de que lo hicieran gran jefe. Nos llevábamos estupendamente, y ya te digo yo que no es fácil que el alcalde se lleve bien con la Benemérita —explica Enrique justo antes de soltar una tos que supuestamente es una risotada.

—Sí, mi padre...

—¿Y qué tal está? Joder, yo quiero mucho a tu padre, ¿sabes? Es un tipo formidable. Me da casi vergüenza decirlo, pero es como el hijo que nunca tuve. Así que, para cualquier cosa que necesites, aquí me tienes, lo que sea por Antón.

—Gracias.

Patricia se queda un momento callada, intentando recordar la pregunta cuya contestación tiene pendiente.

—Se encuentra muy bien —se arranca finalmente—. Trabajando mucho, como siempre.

—Eso es estupendo, mujer, ese es mi Antón.

Enrique tose ahora ya de forma inequívoca.

—Pues, como le decía..., necesitaría que me acompañase al cementerio porque ha aparecido un cuerpo.

—El cementerio está lleno de cuerpos, niña.

—Ya lo sé, claro. Pero este no está dentro del cementerio, sino más arriba, en la falda de la montaña. Y no parece alguien de aquí. El forense y el juez ya están de camino.

—Joder, vaya vejez que me está dando este pueblo —carraspea de forma jocosa—. Pues venga, vamos pa'rriba.

Don Enrique tarda mucho menos que Vero en arreglarse, entre otras cosas porque no se ducha. Se coloca con agua del grifo su pelo huérfano y grasiento, y sale de su casa sin cerrar con llave.

El hombre se fatiga en la subida al cementerio. Quiere hacer alguna pregunta respecto a la aparición del cuerpo, pero se lo impide el resuello. Una vez en lo alto de la loma, Patricia lo conduce hasta la desembocadura de la garganta en la que está el camposanto y donde, a pocos metros, yace el cuerpo al que probablemente ha arrastrado desde más arriba el deshielo. Vero se sorprende al contemplar el cadáver, pues, tal como le anunció Patricia, parece que ha fallecido hace poco. Es un chaval joven, de unos veintitantos años, que viste una cazadora de cuero marrón y unas botas que la chica reconoce como de motorista.

—No puede ser —balbucea Enrique llevándose la mano derecha a la boca.

—¿Qué pasa? ¿Lo conoce? —pregunta Patricia.

El alcalde está verdaderamente afectado, le cuesta articular palabra.

—Es Marc.

Gran parte del pueblo ya se ha arremolinado en el cementerio. La llegada del médico forense y de más coches de la Guardia Civil ha alertado a los montenevinos, que se asoman curiosos al entorno custodiado por los guardias. El juez está de camino para autorizar el levantamiento del cadáver. Ha sido el alcalde quien ha llamado a Lola por teléfono y quien ahora les pide a los agentes que la dejen pasar para ver el cuerpo.

La chica se acerca temblorosa. Vero la observa en la lejanía. Parece más envejecida y pequeña que cuando la vio entrar en la iglesia la noche de la segunda riada. Lola mira a Marc tumbado bocarriba, blanco como la propia nieve de la que proviene. Tiene contusiones en la cabeza, el tronco y las manos, como si hubiera muerto de una caída a gran altura. Observa su cazadora de cuero marrón con el forro de borrego y reconoce el pañuelo morado y gris anudado al cuello que le regaló antes de marchar. Lleva las botas altas. Viste y tiene prácticamente el mismo aspecto que el día de su partida a Lyon. La chica baja la cabeza y comienza a temblar mientras el alcalde le pasa la mano por los hombros. Lola le pide al forense que mire dentro de los bolsillos de la cazadora. En los ojos bellos de Lola no solo tiemblan el desconcierto y la tristeza, sino también el pánico. Cuando con una varilla el forense saca del bolsillo de la zamarra de Marc una bolsa de avellanas, Lola cae sobre sus rodillas. Su vida ya no será nunca igual.

27

—No sé si es el mejor momento para dar un paseo por aquí —protesta cariñosamente Patricia.

Vero camina cabizbaja por la ribera del río. Ha insistido en que la agente la acompañe por la linde del caudal a pesar de que el día es plomizo y algunas gotas han comenzado a descolgarse como zafiros. La tormenta se agazapa tras las cumbres azogadas de niebla.

—Hay algo aquí, en este río, que me hizo cambiar.

Patricia baraja diversas preguntas, pero finalmente no escoge ninguna.

—Mi misterio es que no soy quien se supone que debía haber sido —confiesa ella.

—Creo que eso nos pasa a todos.

—Sí, me lo imagino —asiente—. Pero mi caso es grave, ya te lo digo yo. Yo tendría que ser una montenevina más, de esas con cuatro o cinco hijos, dos perros y una casa con huertito, y estar gorda y creer en Dios y pintar al óleo, y que me gustasen los tíos y...

—¿Por qué tendrías que estar gorda?

Vero le dispara una mirada recriminatoria por haberse quedado con un detalle superfluo de una reflexión profunda e importante. Pero, cuando se encuentra con la cara divertida de Patricia, entiende que le está tomando el pelo.

—En serio. Me siento como si fuera una intrusa en mi propia vida. No solo como si le hubiera robado el destino a alguien, sino como si me hubiera traicionado a mí misma.

—La vida no está escrita, Vero. La vida la hacemos. No existe un plan preestablecido, no hay un mapa que nos tenga que hacer sentir culpables por no seguirlo. Somos nuestra propia vida.

—No sé. ¿Somos la mejor versión de nosotros mismos?

—Esa es otra cuestión. Lo que creo es que somos lo que nuestra personalidad y las circunstancias nos permiten. Luego ya podemos ser mejores o peores personas, más o menos felices, pero siempre sin negar nuestra identidad.

Vero se queda pensando en las palabras de la joven.

—Yo era una niña que creía en Dios hasta que un día parece ser que vine aquí y tiré mi fe al agua. Aunque quizá tiré muchas más cosas.

Patricia la escudriña con curiosidad y desconcierto.

—La niña que fui y que abandoné cuando algo me sucedió a los seis años tiró la medallita de la Virgen de la Jara que me regalaron por mi cumpleaños. Lo sé porque esa niña con la que me intento comunicar, como si fuera un espíritu, fue dejando pistas. Y una de ellas son las palabras ECHA, ORO Y RÍO. Por eso te he traído aquí. Porque quizá en este lugar, en el río, pueda recordar algo que se me escapa.

—¿No sabes qué es eso que te ocurrió? —pregunta Patricia.

—No. Nadie quiere decírmelo. Y yo he debido de bloquearlo de mi memoria.

—Se llama «amnesia disociativa». Lo estudiamos en un curso de interrogatorios.

—¿Y qué hay que hacer para recordar?

—Bueno… A veces ayuda la hipnosis.

—No me jodas.

Las dos se ríen.

—También puede pasar que de repente una palabra, un sonido, o también un olor o un sabor, desbloqueen instantáneamente el recuerdo. Actúan como una llave que lo abre todo. Como un interruptor encendiendo la luz.

Ha empezado a llover más fuerte. Tanto el abrigo de Patricia, que ese día no trabaja, como el de Vero tienen capucha, así que se cubren poco antes de que ella dé por concluido su intento de recuperar lo borrado visitando un lugar que creía decisivo para lograrlo.

—Volvamos al coche —dice Vero.

Regresan por el mismo camino. En silencio.

—Creo que tendrías que pensar si la Vero en la que te convirtió ese suceso, por dramático que fuera, es peor que la que crees que habrías debido ser. Igual lo que te pasó fue terrible, no sé, pero a lo mejor eso te sirvió para ser hoy una chica más valiosa.

—¿Valiosa?

—Sí. Yo confío en que los golpes de la vida nos ayuden a mejorar. Que resurjamos más fuertes de las cenizas, como el arce que te enseñé y al que probablemente partió un rayo. Somos la versión anterior al rayo, y somos el tronco herido, o casi muerto, y también un poco el rayo. Y, sobre todo, somos el ahora, el árbol nuevo. Todo forma parte de una misma existencia. Eso creo.

La lluvia cae con fuerza, se desploma sobre el capó del Seat León cuando ambas entran. Se quitan los abultados abrigos con dificultad. Sus cabellos están húmedos. Patricia pone en marcha el coche y acelera el ventilador de la calefacción. Vero se sube el cuello del jersey, y en ese instante Patricia la besa. La chica recibe casi por sorpresa el acercamiento. Después, percibe la suavidad húmeda de los labios, le invade un perfume a cuero y madera, y, cuando abre los ojos y encuentra cerrados los de ella, por un segundo no sabe qué sentir.

Luego Patricia le acaricia la nuca y, como si activara un resorte oculto, Vero cede al placer. Se destensa, nota cómo su cuerpo se regala a la boca de Patricia, a sus manos duras. Reconoce el latido contundente y apresurado del corazón, hay excitación en lo prohibido, en la infidelidad a Eva. Cuando la agente le acaricia los pechos y le besa el cuello, Vero puede escuchar levemente su jadeo entrelazado con el tam tam de la lluvia y de su propio corazón.

De repente parece que se ha hecho de noche. Las nubes son negras, quizá haya luz tras ellas, quizá siga avanzando el día, pero bajo el capó del coche Vero comprende que se ha borrado el espacio y el tiempo, que flota en una especie de universo lejano, privado, inasible. Y esa sensación de extravío, de soledad, la libera. Finalmente, cierra los ojos y toca ella también a la joven por debajo del jersey y de la camiseta.

La calefacción y el roce de su piel elevan la temperatura del habitáculo. Patricia se despoja de su jersey y Vero le copia el gesto.

—¡Joder, era verdad lo de la serpiente! —exclama la agente.

—¡Calla! —ríe ella.

Vero cierra los ojos y siente que está en una especie de trance, actúa como si estuviera bajo el influjo de una hipnosis, quizá la que necesita para recordar su pasado. Es posible que ese encuentro sexual sea el ritual preciso para que se reencuentre con su personalidad perdida, con su trauma olvidado, con el futuro que realmente la espera.

—Vamos al asiento de atrás —dice la joven.

Vero obedece como un autómata. Borracha de excitación y novedad, perdida en la constelación centrifugada de la noche y de su propia mente.

En la parte trasera del Seat León terminan de desnudarse. Patricia reconoce cómo Vero avanza tímida en las caricias, cómo ha de llevar ella la iniciativa, cómo su pareja se ruboriza.

—Si prefieres parar...

—No —dictamina Vero muy seria—. No quiero parar. No quiero que pares... No quiero que paremos.

Patricia le acaricia el flequillo negro y el piercing de la nariz. Recorre con la yema del índice sus labios finos y enrojecidos como si los estuviera dibujando. Se miran y se tocan con un cariño extraordinario.

—No sé quién fuiste. No sé quién has dejado de ser. Pero me gusta quién eres ahora —confiesa Patricia.

Vero le sonríe. Se siente más feliz y más perdida que nunca.

—Tengo novia.

Patricia se pone seria. No le molesta: la apena, sencillamente, que Vero tenga pareja.

—Yo tuve una novia durante dos años y medio. Al final me dejó. Bueno, acabé forzando que me dejara. Llevaba una vida de mierda.

—¿Por qué te expedientaron?

—Me quedé con droga decomisada que luego le revendí a los propios camellos.

—Hostia.

Las dos se mantienen serias y calladas.

—¿Y no tienes ya nada?

—¡Vete a la mierda! —ríe Patricia.

Luego vuelven a besarse, esta vez más despacio y profundo.

—Yo, en vez de pensar en quién debería ser, pienso en quién quiero ser —anuncia Patricia recostada en el hombro de Vero.

—¿Y quién quieres ser?

—No quiero ser mi padre, aunque lo parezca, aunque se lo parezca a todo el mundo. Quiero ser una buena guardia civil y que él se sienta orgulloso de mí, por supuesto. Pero no quiero la relación que él ha tenido con mi madre. Yo no quiero una esposa, quiero una compañera. ¿Me entiendes?

—Perfectamente.

—Ha sido muchas veces duro ser lesbiana y además guardia civil en un pequeño pueblo como Monte Aurora. Tú, al menos, tuviste la oportunidad de salir de Monte Nieves e irte a Madrid.

—Eso es verdad.

—Pero a mí no me ha importado, me refiero a las críticas, los insultos y todo eso. Lo que de verdad me importa, como te digo, es que mi padre esté orgulloso de mí, y en ese sentido tengo suerte. Me acepta tal como soy, me exige lo mismo como guardia civil y como persona que si fuese un chico.

—Pues sí que va a ser un fenómeno tu padre, como dice el alcalde.

La lluvia se ha destensado y la luz parece un negativo del día. Regresan los rayos parapetados tras las nubes, pero, a la vez, se van derritiendo ante la capa de la noche.

—Vente a Monte Aurora.

Vero no responde, no sabe qué responder.

—Si de verdad decides ser otra, allí te puede esperar otra vida. Allí te espero yo.

Vero la abraza con fuerza.

—Es un sitio estupendo —reanuda la agente—, no es muy pequeño pero tampoco muy grande, tiene de todo, tiene libertad y también acción. No hay muchos aviones allí a los que dirigir, aunque seguro que puedes trabajar en un montón de cosas. Podrías ser un poco las dos Veros. A lo mejor ahí está la solución al enigma, la verdadera felicidad.

—La verdadera yo.

—Exacto.

1995

28

Cuando salió de la caravana se encontró a Robert fuera de sí. Bramaba a un grupo de operarios que ni siquiera lograban entre los gritos del jefe explicar el incidente. La cabeza de la aguja de perforación se había roto al chocar contra una piedra de un tamaño o una consistencia inesperados. Mila observó la escena a unos cuantos metros de distancia. Sentía náuseas concentradas en la boca del estómago. Miró a su marido desencajado chillando que aquello echaría al traste el cupo de extracción programado. Robert estaba rojo de ira, vestía su mono y su cinturón, pero el casco se zarandeaba sobre su cráneo sudoroso mientras movía los brazos como las aspas de un molino con los tornillos sueltos.

El mundo fuera de la caravana le era mucho más ajeno que el universo dentro de su vientre. Su marido estaba exaltado por una causa que cada día le resultaba más vana. Ya no se reconocía alineada con Robert. Lo miraba a seis metros de distancia, pero en verdad estaba en otra galaxia. Así que regresó a su roulotte y vomitó, aunque no supo con certeza qué le provocaba realmente las arcadas.

Cuando volvió a salir vio a Robert marcharse con dos operarios hacia la caseta de mando de las obras. Ella, sin embargo, abandonó el recinto en dirección opuesta, hacia la cara más frondosa de la montaña.

No lograba liberarse de la angustia. Caminaba ansiando la naturaleza como contraste a la maquinaria, el silencio como antídoto al estruendo, la verdad frente al engaño. Y de manera natural comprendió que se dirigía hacia el nido de los jilgueros. Buscaba inconscientemente en aquellos polluelos el consuelo de la maternidad, reafirmarse en los valores que la mantenían en pie. Así que anduvo en aquel día espléndido, ya de junio, hacia el ciruelo donde se acurrucaba el cesto de paja. A medida que se acercaba al árbol, aguzaba el oído para reencontrarse con el gorgojeo de los pajaritos, con ese reclamo desesperado y tierno que tanto la conmovía.

Sin embargo, solo halló silencio hasta llegar a los pies del ciruelo. Miró a lo alto y vislumbró el nido, pero no asomaba ya la cabeza de ningún ave. En el suelo, en cambio, sí descubrió los cuerpecitos. Esqueléticos y tiesos, seguían con los ojos y el pico abiertos, como si se hubiesen congelado un segundo después de haberlos dejado el día anterior. Mila no quiso aceptar el drama y se subió ligeramente al árbol para mirar en el interior del nido. Allí halló el resto de los cadáveres.

Descendió de un salto dejando caer su cuerpo a plomo como si fuera un ave muerta más. Se sentó en el suelo, al lado de los diminutos esqueletos emplumados, y rompió a llorar. Sollozó con toda su embestida hormonal, pero también con una pena cerebral, consciente, larvada. Sintió que algo se había muerto también dentro de ella. Una inocencia, una ilusión, una fe, una lealtad. No acertaba a discernir qué era aquello que sus lágrimas estaban bañando. Solo el futuro junto a sus hijos le servía de recompensa. Aquel mundo sin jilgueros, sin Sagrario, sin Hans, no lo quería. Robert y su empeño le provocaban más náuseas que su propio embarazo. Se descubrió inmersa en un torbellino de angustia y de desilusión, en un maremoto de emociones que entendió que debía gobernar. Era, por fin, tiempo de tomar el timón de su vida, de sus querencias y aspiraciones. No seguiría ya la estela de un marido por el que acumulaba una creciente desafección.

Se levantó de la hierba, se secó las lágrimas con la manga de la camisa y siguió caminando montaña arriba, hacia la parte más tupida del monte, donde la maleza era alta y rizada, donde la cúpula de los olmos refrescaba el granito. Y no se había alejado en exceso del ciruelo cuando escuchó unos gemidos. Primero pensó que era un animal herido, así que se acercó cautelosa, con la espalda arqueada, los pasos lentos y cadenciosos. Ya más cerca comprendió que se trataba de personas, pero ya no supo discernir si aquellos sonidos eran de dolor. Hasta que, a través de un gran arbusto, vislumbró dos cuerpos desnudos y, de repente, entendió que los aullidos y los gritos sofocados eran de placer. Nicolás y María retozaban sobre un lecho de hierba húmeda y blanda. Ocultos por la naturaleza, se entregaban el uno al otro. Mila primero se escandalizó, pero luego encontró bella aquella escena, dos cuerpos jovencísimos y hermosos fundiéndose, las pieles desnudas virando de color al son de sus mecidas y jadeos, el pelo de ella prendiendo el césped mientras él cerraba los ojos para encarar una oscuridad probablemente aún más hirviente.

El cura y la hija adolescente del alcalde. Mila se quedó allí unos segundos procesando la estampa. De repente sintió pudor, parecía estar profanando ese instante, robándole espontaneidad y realismo, naturalidad y pecado. Así que se retiró silenciosa y desapareció por donde había llegado dejando a su espalda ese secreto.

Tino llevaba la escopeta al hombro. El cañón del Winchester se elevaba sobre su omóplato izquierdo apuntando al cielo, donde no existía ningún objetivo, ningún pájaro o nube. Había ya sobrepasado el cementerio y se encaminaba al coto de caza. Iba bien pertrechado y, sobre todo, concentrado en su labor. El camino cuesta arriba era pedregoso. Pero todo aquel prolegómeno de ensimismamiento y silencio lo espantó el rugido de un todoterreno. En sentido contrario se aproximó un enorme vehículo negro que parecía un rebeco a abatir.

A pocos metros reconoció el coche de Severiano. Habían discutido recientemente en el bar de la pensión de Sagrario y Lola, así que el cazador pensó en hacerse el loco, bajaría la mirada cuando el auto lo sobrepasase y solventaría así el mal trago de encontrarse con él.

Sin embargo, el mastodonte negro ralentizó la marcha y se paró a la altura de Tino. El padre de Vero se puso secretamente en guardia. El rico y mafioso terrateniente no era precisamente un hombre reflexivo ni conciliador, sino soberbio y vengativo. Mientras Severiano bajaba la ventanilla, Tino pensó que quizá debería haber sido más comedido en aquella trifulca. Recordó que había mandado al amo del valle a tomar por culo y, desde luego, no era una jugada muy inteligente tenerlo en contra.

—¿Qué tal, Tino? ¿Cómo vas? —preguntó don Severiano con un semblante sorprendentemente afable.

—Bien, bien...

—¿De caza?

—Sí, vamos a ver cómo se nos da hoy, parece que...

—Te estaba buscando.

Tino se alarmó. No acertaba a comprender qué podía querer don Severiano de él. No parecía enfadado, pero, desde luego, tampoco creía que fuera a bajarse del coche para darle un abrazo.

Severiano se apeó y puso cara de circunstancias.

—¿Qué...? ¿Qué pasa? —balbuceó desconcertado y temeroso Tino.

—Verás... Sé que tú y yo no nos llevamos bien, pero yo soy, aunque no lo creas, un tío honesto y de principios. Y hay cosas que están por encima de las rencillas de bar.

Tino lo miró cegado por el sol. Severiano era alto y corpulento, hablaba sereno y con voz pesada. El cazador no supo qué decir, desconocía el rumbo de la conversación.

—Hay algo que deberías saber —continuó el terrateniente—. Es jodido decirte esto, pero es peor que no lo sepas.

—¿Qué pasa? —preguntó Tino nervioso y preocupado.

—Es..., es sobre Joaquín, el profesor.

—¿Qué pasa con Joaquín?

—Bueno, parece ser que alguien del colegio lo ha visto... Bueno, han visto a tu hija salir de su despacho y...

—¿A mi hija? —preguntó alarmado.

—Sí. No sé a santo de qué Joaquín la metió en su despacho después de clase y luego la niña salió con los pantalones dados la vuelta y con una cara de susto tremenda. Parece que estuvo llorando un rato y decía que le dolía y... Bueno...

—¡Pero ¿qué coño estás diciendo?!

—Ya, Tino, ya lo sé, es la hostia. Pero tenía que decírtelo, porque...

—¡¿Me estás jodiendo?!

—No, no, de verdad, te lo juro, no te jodería con una cosa así, tan seria.

—¿Quién cojones te ha contado eso?

—Me pidieron que no lo dijera, pero ya sabes que yo al final me entero de todo. La gente me cuenta cosas, las buenas y las malas, y a veces me toca hacer de árbitro o de...

—No me lo creo.

—Tino, créeme, hazme caso. El Joaquín ese no es buena gente. ¡Es un raro, hostia! Eso se ve a la legua. No te puedes fiar. Aunque algo así de repugnante sí que no pensé que...

—A quien quieres joder es a Joaquín.

—Mira, Tino, a mí Joaquín no me cae bien, no me ha caído bien nunca, pero no soy tan cabrón como para acusarlo de una cosa así si fuera mentira.

—Tú eres capaz de eso y de mucho más.

—Vale, muy bien. Yo he hecho lo que debía, ya te lo he contado. Ahora haz tú lo que te dé la gana. Buenos días.

Severiano volvió a subir a su coche y, sin mirar a Tino, cerró la ventanilla y se marchó. Levantó una gran polvareda mientras se precipitaba camino abajo. Tino se quedó con la mirada perdida y el corazón sulfurado. Y con muchísima sed.

29

Mila, tras regresar del bosque, entró en el recinto vallado donde todo era caos y ruido. El aguijón de la gran taladradora parecía estar picando una obstinada piedra del subsuelo. La punzada era ensordecedora. La mujer anduvo deprisa hasta su roulotte tapándose los oídos con las manos. De repente el estruendo cesó, quizá el pétreo obstáculo había sido finalmente vencido.

Ya en la caravana y en silencio, Mila no era del todo capaz de ordenar sus emociones. Pero sabía que las cosas iban a cambiar, debía hacerlas cambiar. No quería seguir destruyendo Monte Nieves, ni tampoco a sus gentes y animales, no deseaba continuar ocultando que estaba embarazada. Necesitaba luchar por lo que la hacía feliz, apaciguar su conciencia, desligarse de ese sometimiento a la empresa de Bremen, a un destino comandado por otros.

Sin embargo, no tenía valor para enfrentarse a Robert. Se encontraba trémula, inestable. No disponía del arrojo necesario para hablarle de su estado de gestación ni de la pena que sentía por la muerte de Sagrario y de los pájaros, que para ella eran en el fondo lo mismo. No contaba con fuerzas para describir los ingredientes de su entusiasmo, la dinámica de su corazón. Así que se sentó en el butacón y apoyó los antebrazos en los muslos. Exhaló. Había que pasar a la acción, determinó por fin; la parálisis solo la había llevado a un desencanto helador. Y, aunque no atesoraba el impulso suficiente para salvar su vida, sí comprendía que tenía la obligación de procurarle a sus hijos una madre entera, valiente y libre. Ese pensamiento fue lo que la animó a levantarse y dirigirse al teléfono encajado en una esquina de la caravana.

—Hola, querría hablar con Francisco Morales.

—Sí, soy yo.

—Hola, Fran. Soy Mila Fischer.

Se hizo un silencio en la línea telefónica.

—Fran, escucha, esto se tiene que acabar. Perdona por lo del otro día. Yo te manipulé como me manipuló a mí mi marido. Tenemos que pararlo, juntos. Esto es una locura, estamos destrozando el pueblo, tú ya me lo dijiste, tú lo sabes. Contemos de verdad lo que estamos haciendo aquí: las extracciones de gas, la contaminación del aire y el agua, los gases de efecto invernadero...

Mila se calló unos segundos a la espera de un feedback que no llegó.

—Fran, nos necesitamos. Para salvar al pueblo, para salvar a Lola y a los demás. Te voy a dar toda la información para que la publiques, los informes y los planos que nadie conoce. Tú puedes también llamar al....

—Espera, espera, espera —la interrumpió el gacetillero—. ¿Por qué me cuentas todo esto?

—Porque ya está bien. Porque siento que tengo que hacerlo. La...

Volvió el ruido estridente de la máquina. Mila se sentó en el suelo enfrentando un rincón de la roulotte donde procuró fabricarse una cabina de silencio.

—Perdona el ruido —prosiguió—. Te decía que no sé cómo acabará esto, cómo acabaremos mi marido y yo, pero me da igual. Sé que todo se arreglará al final, lo que tengo claro es que no puedo seguir formando parte de esta destrucción sin sentido.

—No sé, no sé... —musitó Fran, confundido.

Luego dijo algo más que Mila no entendió por el estruendo.

—Espera un segundo —ordenó ella—, no te oigo bien.

Aguardaron un instante y finalmente el bramido de la máquina cesó de nuevo.

—Ahora —informó Mila—. Quedemos, Fran. Yo llevo todos los documentos para que denuncies lo que estamos haciendo. Será también bueno para tu carrera como periodista. Déjame que te lo explique todo bien, no soy la persona que tú crees, al menos ya no. Voy a demostrártelo, dame la oportunidad de arreglarlo, por favor.

—Hija de puta —dijo con fiereza y rabia contenida una voz a la espalda de Mila. La mujer se dio la vuelta y vio a Robert de pie junto a la puerta. Colgó el teléfono y se puso en pie. Cruzaron por su mente palabras como una bandada de gaviotas, pero no logró apresar ninguna.

—Robert, escúchame...

El hombre se acercó a su mujer y la empujó contra la pared.

—¡Eres una hija de puta! ¡Traidora! ¡Con el periodista ese!

—Robert, Robert... —suplicó ella mientras se levantaba.

Pero apenas cobró la verticalidad, un puñetazo la tumbó sobre la alfombra. El golpe coincidió con la reactivación del jaleo exterior. El rugido de la maquinaria y los gritos de Robert se mezclaban en un estruendo terrorífico. Mila salió de su aturdimiento y pudo ponerse de rodillas, pero entonces sintió una dura patada en el vientre. Se hizo un ovillo de dolor abrazando un pánico atroz por el niño. ¿Lo había perdido? Sin saberlo, Robert estaba atentando contra los dos, y ella por nada del mundo iba a dejar que hicieran daño a su bebé. Además, ya no concebía su vida sin aquella ilusión.

Mila reptó hasta una esquina de la caravana. Robert la cogió por el pelo y la levantó como si fuera un guiñapo.

—Tú no vas a joderme la vida, ¿te enteras? ¿Quién te crees que eres para arruinarme la vida? —bramó él parapetado por el estrépito exterior.

Mila sacó fuerzas de la rabia y el instinto de protección para empujar a Robert. Aprovechó esos metros de separación para correr hacia la puerta, pero él le dio caza antes de que pudiera llegar a la salida.

—¡Robert, nuestro hijo! —gimió Mila intentando hablarle de aquel niño que estaba en riesgo de perderse, o quizá ya había muerto.

El alemán estaba fuera de sí. El semblante enrojecido, los ojos azules parecían haber mutado a negro. Mila lo miró a la cara y de verdad comprendió que estaba ido. Temió por su vida cuando recibió un puñetazo en el hombro que la tiró contra el perchero. Tumbada entre los abrigos y el mono de trabajo de su marido vio venir hacia ella a aquel ser enloquecido. Y, sin pensar, echó mano del revólver, que se había salido de la cartuchera prendida en el cinto del mono de él, y le pegó un tiro justo debajo del cuello.

El cuerpo de Robert se desplomó ya sin vida. Mila lo observó sentada en el suelo, desde donde había disparado. Luego dejó el arma a su lado. Se quedó mirando a su marido tendido bocabajo hasta que tuvo que levantarse porque la sangre empezaba a derramarse por debajo del cuerpo.

No sabía qué sentir. No sentía nada y, a la vez, lo sentía todo. El escándalo de las obras probablemente había ocultado la detonación, de la misma manera que había tapado el sonido de Robert al ingresar en la roulotte. Mila permaneció unos instantes allí de pie, esperando, si es que era preciso, a que alguien entrase en la caravana y la llevase ante la policía. Robert en el suelo parecía más pequeño. Mila le miraba el perfil y, de repente, le alcanzó la pena y luego el vértigo y luego la paz.

El bullicio volvió a amainar y eso la serenó. El apaciguamiento de los latidos de su corazón y la toma de conciencia sobre la situación también le trajo un fuerte dolor en el vientre, el pecho y el labio partido. Ahora debía pensar cómo gestionar lo que acababa de pasar. Podía abandonar la caravana y contar la verdad de lo sucedido. Pero ¿en qué la beneficiaría a ella? ¿Y a sus hijos? Tenía que intentar salir fortalecida y entera de aquel torbellino de desaciertos en el que se había metido, un torbellino que acababa de convertirse en un huracán.

Era obvio que no podía ocultar la muerte de Robert. Se harían preguntas sobre su paradero, y, además, ¿cómo deshacerse del cuerpo? Lo único que se le ocurrió fue camuflar el motivo del fallecimiento. Había que hacerlo pasar por un accidente. Quizá se disparó a sí mismo sin querer, limpiando el arma, como en esas malas coartadas de las películas. Caminó por la caravana, la sangre comenzaba a empapar la alfombra que habían comprado en Monte Aurora a los pocos días de llegar a las montañas. Pero aquella solución no le pareció creíble. Seguía cavilando cuando algo cálido en la entrepierna la distrajo. Descubrió que estaba sangrando. Temblorosa, acudió al baño, se limpió y rompió a llorar sentada en el inodoro. Quizá no fue a Dios, pero musitó una especie de plegaria.

Se miró en el espejo, donde vio su labio cortado y la hinchazón en la mejilla. Se puso un poco de agua fría. Volvió a la estancia donde yacía Robert.

Tenía que buscar otra versión de los hechos más factible. Nadie debía ver el cuerpo. Así podría alegar cualquier causa de muerte. Un infarto, por ejemplo. Eso sería ideal: meter el cadáver directamente en un ataúd, agilizar los trámites del levantamiento e incluso enterrarlo rápidamente en Monte Nieves para evitar cualquier burocracia de repatriación. Pero para eso necesitaba ayuda.

Mila descolgó otra vez el teléfono.

—¿Dígame? —preguntó una voz al otro lado del aparato.

—¿Don Enrique?

—El mismo.

—Soy Mila Fischer. Venga, por favor, lo antes posible a mi caravana. Le dejarán pasar en la puerta.

—Pero… ¿qué pasa? ¿Por qué esa urgencia?

—Usted tiene un grave problema y yo también. Pero podemos ayudarnos. Si usted me guarda un secreto, yo guardaré el de su hija.

30

Tino entró en casa estrellando la puerta contra la pared. Carmen estaba en la cocina y dio un grito, sobresaltada. Salió alarmada para encontrar a su marido con la escopeta en la mano, despeinado y sudoroso.

—¿Qué pasa, cariño?

—¡Me cago en Dios! ¡Ese hijo de puta!

—¿Cómo?

Tino estaba sulfurado, aturdido, enloquecido por la cólera. Daba pasos erráticos por el salón, se sentaba en el sofá para volver a levantarse al instante siguiente.

—¿Qué pasa? —inquirió Carmen asustada.

—La niña. Ese cabrón... ha..., ha... ¡Voy a matarlo!

—Espera, siéntate, tranquilízate. Ven aquí.

Carmen cogió a su marido por el brazo, le acarició la espalda, le quitó la escopeta de la mano e hizo que se sentara en el sofá.

—Venga, cuéntame despacio qué ha pasado.

Tino se secó el sudor de la frente con el antebrazo, respiró hondo.

—Me... Me he encontrado con Severiano por el camino del coto. Bueno, ha venido a buscarme. Y me ha dicho que Joaquín, el profesor de la niña, ha..., que la ha tocado, no sé qué más ha podido hacer, pero que ha abusado de ella.

—Espera, espera, espera... ¿Cómo que ha abusado de ella?

—Sí, parece ser que lo han visto con la niña en el despacho, y a la niña saliendo del despacho, y... ¡A ese malnacido lo mato!

—Un segundo, pero ¿quién lo ha visto?

—No me lo ha dicho.

—Vamos a calmarnos.

—Yo estaba calmado, al principio no le he creído, pero luego me he ido calentando. Ese cabrón del Joaquín es un tío raro, y como haya...

—No sabemos si es verdad. Tú mismo me dijiste que Severiano había amenazado a Joaquín con hundirlo en la discusión esa del bar de Sagrario. Igual se ha inventado todo esto para...

—No... No sé, Carmen...

Tino se cubrió el rostro enrojecido con las manos.

—Voy a hablar con él —resolvió Tino levantándose como un resorte del sofá.

—Espera, espera...

—Quiero mirarlo a la cara y que me diga si es verdad o mentira, y como dude un segundo...

—Cariño, no vayas.

—Los niños son sagrados, ¡hostias! Y, si de verdad le ha hecho algo a Verónica, quién nos dice que no se lo ha hecho también a las hijas o los hijos de otros.

—Podemos preguntarle con cuidado a Verónica si...

—No, a quien voy a preguntar es a los padres, a Ramón, a Julián, a Santi. Vero es una niña callada y no dice nada, pero a lo mejor sus hijas sí que han contado algo en casa. Y como haya algo raro...

—Tino, no...

El hombre ya no escuchó a su mujer. Se levantó del sofá, se dirigió a la puerta de la calle y se fue pegando un portazo.

El padre de Vero acudió al bar, donde sabía que encontraría a un nutrido enjambre de hombres bebiendo ya al mediodía de un viernes. Y, efectivamente, allí halló, entre pacharanes y risotadas, a varios padres de compañeras de su hija que se quedaron espantados con su relato.

Alguno de aquellos padres sí dijo haber notado algún comportamiento extraño en su hija últimamente: poco apetito, una reticencia inusitada a ir a clase, un mutismo injustificado, incluso una tristeza impropia. Todos coincidieron en que Joaquín era un tipo hermético y algo inquietante, solitario, sí daba el perfil de un depredador sexual. Se retroalimentaron en su convicción de que las acusaciones de Severiano eran ciertas, de que habían estado ciegos ante una aberración intolerable.

No tardaron todos, pues, en contagiarse de la ira de Tino. La mera duda hinchaba sus venas. Algunos, azuzados por el temor a que hubiesen abusado de sus hijas, y otros, simplemente solidarizados con la tragedia de sus amigos, enseguida formaron una turba justiciera y etílica en dirección a la casa del profesor.

No había nadie en las calles a esa hora. Monte Nieves se recluía en sus hogares para comer y protegerse de un sol ya estival. Los golpes en la puerta sorprendieron a Joaquín mientras cocinaba pasta. El profesor abrió para encontrarse a un puñado de hombres vociferantes y agresivos que entraron a empellones en su casa. Las demandas e insultos se solapaban en aquel cuarto de estar sobrio y caliente. La pasta comenzaba a hervir, el agua se desbordaba de la cacerola metálica rompiéndose en pedazos al caer sobre las llamas azules.

—Pero... ¡¿qué coño pasa?! —inquirió mientras recibía insultos y empujones.

—¡Eres un follaniños!

—¡Cerdo de mierda!

—¡Te vamos a cortar los huevos!

El profesor intentó zafarse del grupo huyendo al dormitorio.

—Pero ¡qué decís! ¡Yo no he hecho nada! ¡Dejadme en paz!

Alguien del tropel le soltó un fuerte golpe en la sien. Una vez en el suelo, varios de ellos, incluido Tino, le propinaron patadas. Cuando parecía que Joaquín se había rendido, contraatacó con una fuerza insospechada. Se puso en pie y comenzó a lanzar puñetazos indiscriminadamente, e incluso alguno de los invasores cayó al suelo.

—¡Venid aquí, hijos de puta! —bramó con un ojo cerrado por el impacto mientras disparaba los puños sin mucha puntería.

Tres de los cinco hombres que linchaban al profesor se tiraron sobre él. Bocabajo, Joaquín apenas podía respirar aprisionado contra el terrazo del dormitorio. Reptaba como podía, intentaba darse la vuelta mientras un cuarto agresor le pateaba las costillas.

—Soltadlo, no puede respirar —gritó uno de los asaltantes.

Joaquín aprovechó un poco de resuello para ponerse en pie e intentar huir. En el salón le dieron caza Tino y Ramón. Santi cogió un hierro de la chimenea y comenzó a golpearlo. El profesor, sin embargo, frenó el impacto con la mano, agarró el atizador y le devolvió el golpe. El hombre cayó junto al aparador con una profunda herida en la frente de la que brotaba la sangre.

—¡Santi, Santi, ¿estás bien?! —se preocupó Ramón.

Santi parecía ido, semiinconsciente. La dura agresión a un miembro de aquella banda acabó de prender el odio de los montevinos, que se hicieron con el resto de los utensilios de hierro de la chimenea y comenzaron a apalizar a Joaquín. El maestro pedía clemencia a medida que las patadas, los puñetazos y los golpes con las barras de hierro iban rompiéndole los huesos de las manos, con las que se cubría el cráneo.

La paliza solo cesó cuando Joaquín ya no tuvo fuerzas para defenderse. Ensangrentado y magullado, respiraba con dificultad. La sangre le nublaba la visión y fracasó dos veces seguidas al intentar ponerse en pie. Finalmente consiguió enderezarse.

—¡Acabemos con él, nos ha jodido la vida y la de nuestras hijas! —bramó Julián.

Joaquín aprovechó un instante de indecisión para abrir la puerta de su vivienda y salir. Arrastraba una pierna, se alejaba de sus verdugos lentamente y con la poca energía que le quedaba. Santi permaneció en la casa sentado en el sofá, taponándose el boquete de la frente con una toalla. Los otros cuatro hombres siguieron al profesor. Joaquín, renqueante, pedía ayuda a gritos, pero nadie salía de su casa a auxiliarlo. El sol estaba en lo más alto, caía como un péndulo de luz.

—Por mi hija y por todas las demás —dijo Tino antes de sacudirle un fortísimo golpe con la barra de hierro que le abrió la cabeza y lo dejó inerte en el suelo, a dos calles de la plaza Mayor.

Los hombres contemplaron cómo la sangre manaba de la calva. La herida parecía una fruta madura. El líquido granate serpenteaba por el empedrado brillando a cada diminuto meandro. Tiraron allí mismo las armas. No se miraron. Permanecieron unos segundos quietos, en silencio, observando el cuerpo bocabajo y quedo. Luego se dispersaron. Cada uno se marchó por una calle distinta. Eran las tres de la tarde.

2026

31

En los valles aledaños hay mucha más nieve. Las cumbres lucen un casco blanco, caperuzas heladas, pero no así el macizo que separa Monte Nieves de Monte Aurora. Un microclima, un calentamiento concentrado y residual, sigue, desde hace treinta años, derritiendo la nieve de los picos de aquel valle, dejando su testuz rasurada.

Vero camina junto a su madre observando con lástima las lanzas montañosas. Se dirigen al supermercado. El día es ya un rehén del invierno. La lluvia y el viento no favorecen las obras del cementerio, pero aun así la reparación está casi concluida. Vero ha hablado esta mañana con Eva y la ha encontrado relajada y cariñosa. Eso la tranquiliza. No ha mencionado nada sobre el tratamiento de fertilidad. Vero sabe que es una estrategia, quizá inconsciente, de su novia. Lo ha hecho más veces. Cuando llega a un determinado punto de presión, revierte las fuerzas. Opta por destensarse, dejar que las cosas fluyan, adopta una actitud pasiva y sosegada, quizá para coger impulso y volver a la carga más adelante.

Vero todavía no sabe cómo gestionar la infidelidad. Su aventura con Patricia va más allá de una deslealtad amorosa. Su traición trasciende a la relación con Eva, en el fondo ultraja una parte crucial de la propia Vero. Lo desmonta todo. Vero siente que se ha sido, sobre todo, infiel a sí misma. Así que concibe a su novia como el daño colateral de una profanación a mayor escala. Piensa que primero debe analizar los resultados de esta acción en sí misma y luego tomar una determinación sobre las posibles consecuencias de la onda expansiva.

Madre e hija caminan distraídas cobijadas bajo el mismo paraguas cuando Vero se detiene en seco. Su madre la mira desconcertada. Vero abre mucho los ojos y, sobre todo, las fosas nasales. Hay un olor que la trastorna. Quiere seguir inhalando ese perfume perturbador, pero por otro lado le repugna.

—¿Qué pasa? —pregunta Carmen.

La hija no contesta. Está extasiada. Luego comienza a alterarse, a hiperventilar, el pulso se le dispara. Finalmente suelta el paraguas que agarraba junto con su madre y comienza a andar bajo la lluvia rastreando el origen de ese olor. Su madre la sigue preocupada, aunque sin preguntar nada más. Vero acelera el paso. Como un sabueso, persigue el rastro de una esencia que la remueve por dentro, que la turba y la aterra, que despierta algo espeluznante en su interior.

A paso vivo cruza la calle y dobla una esquina. Ve entonces a un señor mayor con una boina y cubierto con un paraguas negro. Por encima del hombro del viejo vuela un humo azul. Vero se acerca más, su cara presagia un grito, o un llanto, o una parálisis. Se detiene frente al anciano y descubre que aquel desconcertante y a la vez revelador olor proviene de una pipa.

—¿Qué pasa, Verónica? ¡Dime, por favor! —inquiere su madre.

Vero se queda de nuevo quieta. La lluvia le empapa el pelo negro, las gotas se deslizan por su nariz troquelada por el piercing plateado, permanecen suspendidas en el alféizar de sus labios y su barbilla. Mira a Carmen. Parece que va a decir algo, pero simplemente sale corriendo hacia casa.

Vero va pisando los charcos en su carrera, el agua cala su abrigo de cuero, el pelo se le derrama por los hombros como una mancha de petróleo. Llega a casa, abre con nerviosismo la puerta y corre escaleras arriba. Se planta delante de la habitación de la niñez. Allí se detiene y comienza a temblar. Gira entonces el pomo y entra en el cuarto, que está casi a oscuras. Se dirige a la mesa de estudio y coge las fichas del *¿Quién es quién?* que encontró enterradas en el huerto de las fresas. Mira el rostro del dibujo: la cara alargada, la barba castaña, calvo, la boca pequeña y de labios gruesos.

Deja las fichas de nuevo en la mesa y se arrodilla para sacar la caja de mimbre guardada debajo. Allí remueve todos aquellos trabajos escolares que ya escudriñó en su momento. Abre carpetas, ojea archivadores, hasta que da con lo que anda buscando: la foto de la excursión al campo. Ella tiene seis años y posa con toda la clase. Sonríe sentada en el suelo al lado de Inés. Y, tal cual recordaba, el grupo de alumnos está escoltado por dos profesores. Uno de ellos es el director. El del lado derecho de la foto es Joaquín. Vero se acerca a ella, revisa con detenimiento la instantánea algo borrosa. Se fija en la cara de Joaquín y comprueba que es clavado al Richard del *¿Quién es quién?* Luego mira con más atención su figura hasta reparar en su mano izquierda. Sostiene una pipa.

32

—Controladora.

—*Copy.*

—¿Cómo va *The Long Goodbye*?

Vero sonríe al escuchar el título de la vieja película de cine negro que vieron no hace mucho tiempo juntas. Y piensa que, efectivamente, Monte Nieves tiene un aura más negra que blanca. La película está basada en una novela de Raymond Chandler, y a Vero le gustaría ser Marlowe y desentrañar los misterios que envuelven el pasado del pueblo y el suyo propio.

—Creo que en un par de días podremos enterrarlo. El cementerio está prácticamente reconstruido y Protección Civil dice que ya no hay ningún riesgo de avalanchas.

—Me alegro mucho. Te echo de menos.

—Y yo a ti.

—Se me está haciendo eterno todo esto.

—El sueño eterno —añade Vero haciendo referencia a otra novela de Chandler convertida en película.

—Más bien el insomnio eterno.

Y Vero quiere estar más cariñosa, a la altura de la nostalgia y la ternura de su novia, pero es incapaz. Se halla, de alguna forma, paralizada por la culpa y quizá, también, por el enamoramiento por Patricia. Se siente en tierra de nadie, la chica de nadie, ni siquiera de sí misma.

—Verás cuando te pille por banda —bromea Eva.

Y el deseo hacia su novia brota en Vero cacofónico, carburando con dificultad. El sexo con su novia le parece antiguo y familiar.

Y Vero quisiera hablarle de que quizá esté a punto de descubrir qué le cambió la vida, que se encuentra a un paso de disipar la amnesia disociativa que le bloqueó el recuerdo y envolvió su pasado en niebla. Joaquín parece ser la llave, la clave capaz de abrir la puerta a su trauma. Pero Eva se le antoja alguien lejano, sobre todo ajeno a toda la arqueología emocional que ha estado excavando durante los últimos días. Patricia, sin embargo, sí ha sido su compañera, su Watson en esta minuciosa reconstrucción del rompecabezas de su ayer, al que todavía le faltan piezas.

—¿Hace mucho frío en Madrid? Aquí ya ha llegado el invierno —comenta Vero.

Eva contesta errática y desganada, decepcionada por el cambio de tema de su novia, por cómo ha sustituido el fuego de la pareja por la climatología atmosférica.

—Sí, sí, aquí también hace frío.

Vero siente entonces ganas de colgar y de pedirle perdón, desea quererla y borrar su visita a Monte Nieves, pero a la vez quiere un futuro con el que jamás soñó. Y se despiden y se mandan besos que apenas llegan.

Carmen se ha marchado a la peluquería. Dice que ha de estar decente en el entierro de su marido. Allí asistirá todo el pueblo. Se volverá a dar sepultura a varios difuntos, pero Tino será el gran protagonista, el nuevo fallecido del camposanto. Así que Vero se va al bar donde charló con Patricia por primera vez. Se acoda en el mismo rincón de la barra y pide de nuevo el mejor vino. Intenta ordenar sus pensamientos, la información de la que dispone, y bucea por el pantano olvidado de su infancia. Necesita más información sobre Joaquín. Su madre no quiere hablar, María tampoco está dispuesta a hacerlo y su padre y su tío Ángel ya han fallecido. Quizá la única persona que pueda aportarle alguna pista es Inés. Su vieja amiga siempre se ha mostrado cariñosa y cómplice con ella. Es posible que, al ser de la misma edad, tampoco almacene muchos recuerdos, pero a lo mejor sí que tiene los datos que busca.

Vero se dirige a la casa de su antigua compañera. Abre la cancela de hierro y recorre el breve paseo hasta llegar a la vivienda situada a la entrada del pueblo. Es el mismo trayecto que anduvo hace una semana cuando llegó a Monte Nieves. Desde luego, aquello le parece que sucedió hace meses.

Inés está renovando los armarios. Tiene toda la ropa de verano de los niños cubriendo el sofá del salón y la mesita de delante de la tele.

—Es que no solo es cambiar una ropa por otra, sino también hacer limpieza y orden. Hay un montón de cosas que ya no les valen, o no se ponen, y que es una tontería guardarlas. Normalmente se las doy a los hijos de Pepa y de Montse.

Vero, en realidad, no presta ninguna atención a lo que le está contando Inés. Observa aquel tapiz inconexo de prendas y lo lee como un símil de su cubo de Rubik personal.

—Quería preguntarte algo —empieza Vero.

—Claro, dime.

—Es sobre nuestra infancia.

—Qué bonito fue pasarla juntas, ¿verdad?

Vero se conmueve. La dulzura y la ingenuidad de Inés le parecen frágiles y valiosas. Ansía para sí algo de esas joyas que, si alguna vez las tuvo, se corrompieron.

—A lo mejor no fue todo tan bonito, ¿no?

Inés deja de doblar un peto de pana y mira a Vero muy seria. Ambas comprenden la gravedad de la conversación que se avecina.

—Bueno, Vero, del pasado hay que quedarse con lo mejor, siempre hay cosas que…

—Joaquín.

El salón vuelve a estancarse de silencio.

—Vale. ¿Qué sabes? ¿Qué quieres saber?

—Qué pasó. Qué me pasó.

—Creo que es mejor que tu…

—Mi madre no quiere contarme nada, tu hermana tampoco. Por favor, Inés, solo te tengo a ti. Ayúdame a recuperar nuestra infancia. Sea la que sea.

Inés aparta unos horripilantes jerséis con estampados de perros con cascos y se sienta en el sofá. Vero hace lo mismo en el butacón.

Tras exhalar un sonoro suspiro, mastica el silencio un par de segundos y comienza a hablar:

—Severiano propagó el rumor de que Joaquín había abusado de ti. Teníamos seis años. Severiano y Joaquín ya se odiaban, estaban enfrentados por la construcción de aquel hotel y aquel restaurante de los alemanes. Bueno, en realidad por todo el lío del gas.

—De eso más o menos me acuerdo.

—El caso es que tu padre… Tu padre, como es normal, montó en cólera cuando se enteró del rumor.

—Pero ¿era un rumor o era verdad?

—¿Tú no te acuerdas de nada?

—No.

—No… No sé, Vero. Hay quien piensa que de verdad era un abusador, un pedófilo, y otra gente del pueblo cree que fue todo una venganza de Severiano hacia el profesor.

—Bueno, ¿y qué pasó con mi padre?

—Espera, ¿quieres un café?

Vero entiende que el relato no es fácil para su amiga, que ha de contarle algo duro, así que gana tiempo poniendo a calentar una cafetera.

Vero la sigue hasta la cocina. No está dispuesta a esperar a que hierva el café para reanudar la conversación.

—Entonces...

—Tu padre fue a hablar con otros padres de niños que iban con nosotras a clase. Todos se calentaron, no sé si hubo una especie de psicosis. A mí, desde luego, Joaquín nunca me hizo nada.

—Que recuerdes.

—Sí, bueno, claro, que recuerde. Pero creo que lo recordaría...

—¿Y qué pasó?

—Que fueron a por él.

Inés sirve el café recalentado. Y con una taza en cada mano vuelve a dirigirse al salón, donde ambas se sientan donde estaban antes de ir a la cocina.

—Fueron tu padre y cuatro hombres más, pero todo Monte Nieves se siente responsable de lo que pasó.

Vero va a hacer la pregunta obvia, pero, en cuanto va a mover sus labios, Inés se anticipa:

—Que lo mataron, Vero.

El café no está bien recalentado. Vero sujeta la taza con las dos manos, aunque cada vez las tiene más frías.

—Tu tío hizo lo que pudo en el hospital, pero no consiguió salvarlo. El pueblo estaba conmocionado, se sentía culpable. Así que todo se hizo de tapadillo y rápidamente. El ataúd salió del hospital, con el certificado de defunción firmado, y lo enterraron a toda prisa en el cementerio, como queriendo acabar cuanto antes con aquella vergüenza.

—Joder.

—Ya. Joaquín no tenía mujer ni hijos, nadie sabía nada de su familia porque nunca lo mencionó. Y el pueblo no volvió a hablar de lo que pasó. Hubo una especie de pacto de silencio, incluso entre los que creyeron que Joaquín era inocente, un buen profesor al que mataron injustamente.

—Vaya pueblo de mierda con sus silencios y sus mentiras.

—Bueno, supongo que pasa en todos los sitios. Los muertos son los únicos que no mienten.

33

No tiene apetito. Carmen insiste en que coma. Piensa que su hija está desganada por el inminente entierro de su padre. Por la mañana han terminado todos los preparativos del sepelio y los trámites para su traslado desde Monte Aurora. El guiso huele bien. Vero golpea rítmicamente la cabeza de la cuchara contra el hule con la mirada perdida.

Su madre la observa con condolencia y algo de culpa. Le han hecho en la peluquería un arreglo hueco como un nido, un merengue que pretende ser elegante pero a la vez misericordioso. Vero observa su delantal de cuadros blancos y azules y su peinado para el funeral, dos estampas que se contradicen y se autodestruyen.

Intenta evadirse de las distracciones del entorno, de las palabras de su madre, del olor de la comida y del granizo, que golpea los cristales como si fuesen insectos. Necesita pensar. Ya no tiene ninguna pista de la que tirar, ningún comodín que utilizar en la partida de su juego de mesa personal, de su íntimo *¿Quién es quién?* Pero es en un instante de silencio, durante una fracción de segundo en la que el hielo no percute la ventana ni su madre da un paso, cuando vuelve a ella una frase como un relámpago: «Los muertos son los únicos que no mienten». Quizá ahí, efectivamente, esté la verdad. Las respuestas no ha de buscarlas en los vivos. Patricia investiga el misterio de la muerte del alemán examinando su cuerpo, y es posible que ella deba hacer lo mismo. ¿Y si la auténtica historia de Joaquín la cuenta su cadáver?

Vero se levanta de la mesa, saca el teléfono del bolsillo y se retira a hablar al salón.

—Patricia, tienes que acompañarme.

—¿Adónde?

—Al cementerio.

—¿Qué pasa?

—No lo sé, pero tengo que ver el cuerpo de Joaquín.

—¿Quién es Joaquín?

—Era mi profesor.

—Pero...

—Luego te lo explico, nos vemos en diez minutos en el cementerio.

—Pero, Vero, estoy de servicio.

—Pues pon la sirena.

Cuando Vero llega a lo alto del pueblo donde yace el cementerio, el coche patrulla de Patricia ya está allí. Se acerca al Megane, la agente la ve, baja del coche, camina hacia ella, coge su cara entre sus manos calientes y la besa en la boca. Vero se sorprende. Se fascina. Ya no hay preliminares, Patricia ya no busca el momento de abordarla afectuosamente, ahora simplemente da por sentado su permiso para besarla, no contiene su deseo. Vero entiende que se ha producido un avance en su «relación». Se encuentran en otro estadio, en un nivel de complicidad superior, en un pacto de intimidad acordado y reconocido por ambas. Es un beso distinto a los anteriores. Vero suspira tras el acercamiento. Se siente relajada y querida, acompañada cuando más lo necesita. Y nota una punzada de cariño cálida y profunda.

—Vamos al depósito —ordena.

—Espera, espera, cuéntame qué hemos venido a hacer. Me puedo meter en un lío.

—Quiero ver el cadáver de Joaquín. No sé, algo me dice que si lo veo puedo llegar a saber la verdad de lo que me pasó.

—¿Era tu profesor?

—Sí.

—¿Y qué tiene que ver él con tu misterio?

—Creo que abusó de mí cuando era pequeña.

Patricia se conmociona. Ya no graniza, pero el viento es de hielo. Están frente a la puerta de hierro del cementerio. Patricia la mira con lástima y ternura. Los ojos de la agente parecen del color de su uniforme. Vero le sostiene una mirada fuerte y decidida.

—Vamos —dictamina Patricia.

La agente tiene llaves del depósito de cadáveres. Allí aguardan media docena de cuerpos a ser enterrados de nuevo. Algunos restos han sido depositados en pequeñas cajas funerarias, pues sus ataúdes originales estaban totalmente descompuestos. Los féretros que salieron de debajo de la tierra o de nichos que todavía se encontraban en buenas condiciones han sido ya enterrados de nuevo en sus ubicaciones originales.

Patricia y Vero comprueban los nombres de los difuntos aún por sepultar y allí no está el de Joaquín. Salen entonces del depósito y entran en el cementerio. La guardia civil tiene llaves de la verja. Vero nota que no está cómoda haciendo un uso personal de la copia. Entiende que es un gran favor, que se está jugando una reputación que lucha por recuperar.

Las dos caminan por el césped del camposanto. Buscan en las lápidas del suelo y en las de los nichos el nombre del profesor. Algunos mármoles han sido recolocados y se percibe fresco el cemento. En otros nichos solo hay una tapa de yeso donde se ha escrito el nombre del difunto a la espera de que llegue una nueva lápida, pues la vieja quebró con el deslizamiento.

Hay menos muertos bajo tierra, así que no tardan en comprobar que el profesor no está sepultado. Cada una escudriña un lado de la tapia. Vero va leyendo los nombres de los nichos de la derecha y Patricia los de la izquierda. Avanzan lentas sobre la tierra blanda. Los cipreses tronchados y abatidos por la riada ya se han podado. Tiene el cementerio un halo triste y de abandono, ahora azotado por el viento, sin el abrazo de los árboles y con la compañía de una capilla aún por rehabilitar.

—Aquí —anuncia Patricia—. Creo que es este.

Vero cruza el cementerio, que ya parece listo para los últimos enterramientos, incluido el de su padre, y llega hasta donde está Patricia.

—Joaquín Esteban Sanz. Murió el 4 de junio de 1995. ¿Es él?

—Sí.

Ella observa la lápida oscura, que es la más baja de toda la hilera de nichos. Su descanso no ha sido perturbado por el corrimiento de tierras. Patricia mira a Vero, pero esta no deja de mirar la lápida. La agente no sabe qué decir, así que vuelve la vista al mármol y espera a que ella rompa el silencio. Los ojos de Vero delatan odio, incomprensión, furia y duda.

—Hay que sacarlo.

—Pero, Vero...

—A nadie le importa este tío. Rompamos la lápida, saquemos el ataúd.

—A ver, espera...

—Patricia.

Vero no dice más, solo «Patricia». Pero es su mirada de súplica y de desesperación la que habla, la que completa la frase.

—Pero intentemos no romper la lápida, por favor.

—Vale.

—Sacamos el ataúd, lo abrimos, vemos rápidamente el cuerpo, lo volvemos a cerrar y colocamos la lápida otra vez. Vero, de verdad, me juego la expulsión. Y no puedo ya...

—No te preocupes. Nadie se va a enterar. Además, cualquier desperfecto parecerá que ha sido por la riada. De verdad que a nadie de Monte Nieves le importa este hombre. Aquí no tiene familia. Además, lo mató el pueblo.

Patricia no sale de su estupor.

—Joder, Vero, a veces me acojonas.

La chica sonríe y se acerca a una esquina del cementerio donde hay material de albañilería con el que se han repetido las inhumaciones. Coge una espátula, un cincel y un martillo.

—Aquí también hay cemento, por si lo necesitamos —informa Vero.

La pareja se arrodilla y comienza, con delicadeza, a romper la unión entre el mármol y la pared del nicho. La cal y el ladrillo de la tapia ceden con facilidad. No les cuesta mucho extraer la lápida intacta. Tras ella, unos pocos escombros que, nada más apartarlos, dejan ver la caja.

—Venga, tiramos las dos a la vez —propone Vero.

Esta ve cómo a su compañera le impone la idea de sacar el ataúd. A ella también la sobrecoge la exhumación, aunque sabe que tiene que mostrar entereza y determinación.

El ataúd está podrido pero aún entero. Cada tirón deben darlo con cuidado para no dañar más la madera, y, además, es necesario coordinarse en el esfuerzo. El viento cesa en el mismo instante en que el féretro está ya fuera y yace polvoriento y enmohecido sobre el césped.

—Joder, qué *creepy* —se queja Patricia.

—Vamos, valiente.

Levantan la tapa. Dejan entonces a la vista la concavidad del cajón de madera. Mientras miran su contenido, Vero y Patricia se ponen a la vez de pie. Sus pupilas se encuentran por un instante antes de regresar pasmadas hacia el interior del ataúd relleno de piedras.

34

La vecina le ha dicho que está en la iglesia. Así que allí encuentra Vero a su madre, sentada en la esquina de uno de los primeros bancos. Entra sigilosa, no hay nadie más en el templo. Huele a humedad. Desde detrás, Carmen parece más anciana de lo que es. A Vero se le antoja diminuta, consumida, derrotada. Así que la rabia se apacigua cuando toma asiento a su lado.

—Vero, ¿qué haces aquí?

—Quiero hablar contigo.

—Yo estaba hablando con Dios. No vengo mucho aquí, sí a misa, pero no sola a la iglesia. Pero necesitaba, no sé, desahogarme. Mañana lo entierran. Me ha dicho el cura que va a haber una gran ceremonia porque también darán sepultura a los difuntos que están aún en el depósito. Pobrecitos.

—Mamá.

—Dime, cariño.

—Solo te voy a hacer una pregunta. Mañana, después del entierro, me iré de Monte Nieves para siempre. Y ya no volveremos nunca más a hablar de lo que pasó hace treinta años, de lo que me sucedió cuando era pequeña. Ni siquiera te voy ahora a preguntar nada sobre mí. Solo quiero… Solo necesito saber una cosa.

—Dime, hija.

—¿Dónde está Joaquín?

A Carmen se le descompone el gesto. Comprende que su hija sabe más de lo que creía. Y también entiende que es absurdo y, sobre todo, injusto seguir negándole la verdad, su propia verdad, en cierta forma. Reconoce que ha llegado el momento de explicar lo que sucedió. Una parte de ella le pide resistirse a hablar, pero gana la otra mitad que se siente culpable y en deuda.

—Joaquín no murió, como todo el mundo cree.

—Lo sé.

—Por lo menos no murió aquella tarde. Ahora no sé si seguirá vivo y no tengo ni idea de dónde puede estar.

—Cuéntame por qué su ataúd está lleno de piedras.

—Lo lincharon. Tu padre y otros hombres. Fue espantoso. Creían que había abusado de ti y de otras niñas del pueblo y...

—¿Y es verdad?

—No lo sé, Vero. Lo que sé es que cuando llegó al hospital estaba medio muerto. Y yo lo último que quería, fuera culpable o no, era que tu padre fuese un asesino. Y, si no lo mataron aquella tarde, estoy segura de que lo habrían hecho después.

—¿Entonces?

—Entonces, cuando me enteré de lo que habían hecho tu padre y los otros llamé a tu tío Ángel. Él estaba en el hospital haciendo lo imposible por salvar a Joaquín. Me dijo que creía que sobreviviría, pero que había que mandarlo con urgencia al hospital de Huesca. Y yo sabía que, allá donde fuese, tu padre lo acabaría encontrando.

—Y fingisteis su muerte.

—Sí. Tu tío firmó un certificado de defunción falso e hizo rápido todos los trámites tirando de contactos y conocidos. Enseguida cerró el ataúd con piedras y, sin que nadie lo supiera, sacó a Joaquín del hospital y lo trasladó en su propio coche a la capital. Me hizo ese gran favor.

—Y papá vivió creyendo que lo había matado.

—Sí. Ese fue el precio que debió pagar. Y yo también, pues todavía hay gente que me deja anónimos llamando a tu padre «asesino». Pero no me importa. Yo, salvando a Joaquín, salvé también a tu padre, aunque él no lo supiera. Y salvé nuestro matrimonio, porque creo que no habría podido seguir al lado de un asesino. No sé, Vero, supongo que también me salvé un poco a mí misma.

La chica intenta calentarse las manos entre los muslos. Su madre apenas susurra en esa atmósfera de condensación y misticismo.

—¿Y quién me salvó a mí, mamá?

—El tiempo, Vero, el tiempo.

Se siente como una adolescente acostándose a escondidas con una chica en casa de su madre. Ha sido todo improvisado, impetuoso. Así se producen ahora los encuentros entre Vero y Patricia. Ella ha acudido a charlar con Vero a casa de Carmen y, sin haber intercambiado demasiadas palabras, de repente Vero ha saltado encima de ella y luego han rodado hasta la cama estrecha e incómoda del primer piso. Se han cerrado en la habitación con llave y hablan en tono bajo.

—Solo una cosita —pregunta Patricia mientras yacen desnudas y tapadas por las mantas, ya que han entreabierto la ventana para achicar el humo de los cigarrillos que se están fumando—. ¿Me puedes explicar la tontería esa de que el pueblo mató al profesor de Infantil?

Entonces Vero le cuenta los supuestos abusos sexuales sufridos por parte de Joaquín, que fueron destapados por el chivatazo de Severiano a su padre. Le narra cómo Tino entró en cólera y cómo reclutó a una horda de padres borrachos para pegarle una paliza al profesor, que, supuestamente, resultó mortal. Luego también confiesa la complicidad entre su madre y su tío médico para hacer creer que Joaquín había muerto mientras lo trasladaban en secreto a otro hospital y, en consecuencia, le dejaban huir para siempre.

—Joder. Vaya historia. Y pobre tú. Siento un montón que tuvieras que pasar por todo ese infierno.

—Bueno, supongo que lo bueno es que no me acuerdo.

—Eso es cierto. Y también lo bueno es que ahora ya tienes todas las piezas, todas las claves de lo que te pasó. Supongo que esos abusos explican tu amnesia, que inconscientemente quisieras borrarlos y que también te distanciases de la chica que estabas destinada a ser.

—Sí, eso sí lo he entendido. Pero no tengo todas las claves.

Patricia da una profunda calada al Marlboro mientras con la mano izquierda le acaricia el antebrazo.

—¿Qué es lo que te falta por saber?

—Si fue verdad o no. No sé si abusó de mí o se trató de una mentira de Severiano para acabar con Joaquín. Aunque supongo que, con seis años y después de todo lo que pasó, mi trauma y mi destierro del pueblo por parte de mis padres no habrían cambiado, tanto si fue verdad como si no.

—Pues entonces a lo mejor da igual. Ya no importa si es verdad o mentira.

—Sí que importa, Patricia, a mí sí que me importa.

La agente entiende que ella no es quién para juzgar la dimensión del drama y la magnitud de sus réplicas. Cada cual ha de cerrar sus enigmas, sus interrogantes vitales.

—Te entiendo —reconoce Patricia—. A otra escala totalmente distinta, yo también necesito saber, por ejemplo, quién mató al alemán para reparar mi falta, para sentirme otra vez una buena profesional, una guardia civil respetada.

—Por tu padre.

—Sí, por mi padre. Puede parecer infantil, pero si no tengo su reconocimiento no estoy entera.

Es ahora Vero quien acaricia el pecho de su compañera de colchón.

—Y ¿cómo llevas esa investigación?

—Bien. El otro día descubrí una bala clavada en una vértebra del cadáver. La mandé a analizar. Esta mañana me han dado el informe. Resulta que es de un calibre y una composición poco comunes. He estado haciendo mis averiguaciones y... esa munición solo se fabricaba en Alemania.

—¿Entonces?

—Pues que quien lo mató lo hizo con una de las pistolas que tenían dentro de aquel recinto.

—Así que no fue nadie del pueblo.

—No lo creo. Fue uno de los suyos.

—Elemental, mi querido Watson.

Vuelven a abrazarse, a besarse con ternura e impetuosidad. Ahogan los cigarrillos dentro del vaso de agua de la mesilla, cierran la ventana, se ocultan bajo las mantas.

—Te necesito —susurra Vero.

—Uy, qué bonito —dice la agente con tono burlón.

—Idiota... —le recrimina con una sonrisa antes de ponerse seria—. Necesito que me ayudes con una cosa.

—¿Con qué?

—Quiero encontrar a Joaquín.

Está tumbada sobre la agente.

—Haré lo que pueda, pero no creas que...

—Seguro que puedes hacerte con registros de ingresos hospitalarios en Huesca el 4 de junio de 1995. Igual puedes tirar del hilo por ahí.

—Buena idea, Sherlock.

En ese instante escuchan cómo se abre la puerta de la calle. Se tapan la cabeza con la manta y la colcha e intentan, en su cueva de calor y risas, que Carmen no descubra su hoguera de besos.

1995

35

Era un día magnífico en Monte Nieves. El sol lucía con quietud. La nieve todavía cristalizaba las cumbres a principios de junio. A mediodía, una brisa templada acunaba el orégano y los olmos mecían su marabú esmeralda. Era un momento perfecto para un entierro. El de Robert.

Los pueblos son rencorosos, se amurallan en sus ritos y sus odios, también son desquiciados en sus pasiones. Así que poca gente acudió aquel jueves al cementerio. Pero, en lo alto de la aldea, la montaña era una pirámide de sombra y el perfume de la jara le regalaba al camposanto un pálpito de futuro. Nicolás dijo unas palabras antes de introducir al alemán en su nicho. Habló del amor incondicional de Dios, de la hermandad entre los hombres, del perdón, de la redención, de la familia y de algún arcángel. Mila ya le había dicho a Nicolás que no eran creyentes, así que los lugareños se habían ahorrado la misa funeral de uno de sus personajes más odiados y controvertidos.

Mila vestía de negro. Una gota de sudor le acariciaba la patilla pelirroja. Sus inmensas gafas de sol cubrían un rostro magullado y solo apenado a medias. Pero ella también quiso hablar. Deseó, por un lado, explicarle a los congregados por qué Robert descansaría para siempre en aquel rincón de los Pirineos en lugar de regresar a su Bremen natal. Argumentó que, en oposición a lo que pudiera creer la mayoría de los montenevinos, su marido amaba el pueblo. Quizá no se entendió su voluntad de mejorar la vida de sus habitantes, de traer progreso y modernidad, de bañar de prosperidad el valle. Mila mintió diciendo que Robert habría querido quedarse allí a pesar de las reticencias de un personal que no deseaba que aquel hombre engreído, avasallador y ausente reposase entre ellos por toda la eternidad.

Luego, Mila mencionó a Hans. Le contó por primera vez a la gente congregada que tenía un hijo adolescente estudiando en Múnich. Un chico fantástico al que le había sido imposible viajar justo ese día porque tenía su examen final, pero que en breve se desplazaría a conocer la maravillosa Monte Nieves. Hans estaba feliz de que los restos de su padre descansaran en un pueblo del que su progenitor se enamoró en sus últimos días. «El cuerpo es solo el cuerpo. Él ya está y estará dentro de nosotros para siempre», aseguró Mila que su hijo había pronunciado al conocer la ubicación del enterramiento.

Y todos tenían hambre cuando se enyesó la boca del nicho. Los presentes, entre los que estaban Severiano, el alcalde y alguna plañidera, se santiguaron antes de romper filas. Fue don Enrique quien se acercó a Mila cuando esta se dirigía a su coche.

—La acompaño en el sentimiento.

—Gracias.

—Bueno... Creo que usted y yo ya estamos en paz.

—Incluso Robert, que también descansa en paz.

El alcalde no supo muy bien cómo tomarse un comentario que le pareció excesivamente sarcástico para una asesina accidental.

—Y ¿ahora qué va a pasar? —inquirió el alcalde.

—Que me voy a comer.

—Ya, sí, claro, quiero decir que...

—Que qué va a pasar con todo.

—Sí, eso.

Estaban los dos detenidos frente al Mercedes de la mujer. El vehículo refulgía como un tiburón.

—Yo me voy, don Enrique. Ya no pinto nada aquí.

—Me parece muy buena idea que se marche. Pero yo me refería a...

—Ya sé que quiere saber si seguirá adelante el proyecto del hotel y del restaurante y de la bodega y...

—... de lo otro.

Mila se ajustó las gafas. Sus ojos eran imperceptibles tras el cristal.

—Vaya, ahora resulta que le interesa la salud del pueblo y no solo mi silencio —ironizó Mila.

—A usted también le interesa el mío.

La mujer miró con desprecio a aquel tipo con una camisa blanca de cuadros azules y una papada batracia.

—Mire —resolvió Mila—, no sé qué va a pasar ahora. Yo ya no pertenezco a la empresa. Pero sí le puedo decir que estoy segura de que mandarán a otro para continuar el trabajo. Y lo siento. Creo que todo esto ha sido un error.

El alcalde se sorprendió ante la claudicación de la alemana.

—Buen viaje, señora Fischer.

—Cuide de su gente.

—Y usted de su hijo.

—Hijos.

—¿Cómo?

—Hasta siempre, alcalde.

Mila no comió. Tampoco se fue a casa, a su caravana con una gran mancha de sangre debajo de una renovada alfombra. Condujo hasta la cumbre más alta y allí aparcó el coche. Después se quitó las gafas de sol solo para enjugarse las lágrimas. Lloró en lo alto, sola, rodeada de precipicios. Su cuerpo y su existencia estaban también llenos de muerte y de vida nueva. Ahora, a su vuelta a Bremen, se enfrentaba a una desafiante tarea: reconciliarse con su hijo, mentirle hasta el final sobre la defunción de su padre, confesarle su embarazo si es que seguía adelante, convivir con su homicidio, subsistir con una pensión, rehacerse al gélido suspiro del río.

Luego descendió de la montaña y metió en el maletero todos los bártulos ya empacados. Miró a la roulotte y le electrizó un escalofrío. Hizo esfuerzos por no querer a Robert. Al menos, por precintar también, de momento, esos sentimientos. Quiso creer que aquel desenlace había sido inevitable, que estaba justificado, que su responsabilidad era nula y que, de alguna manera, el final estaba escrito. Ahora se abría una nueva etapa para ella.

Algo le decía que su hijo había sobrevivido, así que debía ocuparse de ese bebé, de Hans, buscarse una ocupación… Tenía un proyecto que debía ilusionarla, sobreponerla a la pena, a la culpa. Pensó que Robert, el último Robert, aquel al que vio licuarse en el suelo, ya no era el hombre que había conocido. Se había transformado en alguien diferente, cada vez más distanciado de Hans, de ella misma y de la propia persona a la que ella había amado. Debía mantener eso presente: que su marido, de seguir vivo, solo la habría hecho daño, a ella y a su hijo adolescente y quién sabe si al que estaba en camino.

Mila deseaba abandonar Monte Nieves y hacerse una ecografía en el hospital de Huesca para saber si su bebé seguía vivo. Pero, antes de abandonar Monte Nieves definitivamente, hizo una parada en la pensión de Lola.

La chica se sorprendió al verla entrar con su vestido negro y su pelo de brasas recogido en un moño. Siempre era tan sonoro el andar de la alemana, como si caminase por un tablao.

—Vengo a despedirme.

La chica se vio reflejada en el cristal de las gafas de Mila, pero solo por un instante. Luego Mila se despojó de las lentes y Lola la miró a los ojos, aún sulfurados por el llanto. Y quizá también se vio reflejada en ellos.

—Adiós, Mila.

—Adiós. Y perdóname por todo.

Y Lola no supo muy bien por qué, pero salió de detrás del mostrador y se abrazó a la alemana.

—Te va a ir muy bien. Yo lo sé. Fíate de mí —aseguró Mila.

—Que te vaya a ti también muy bien —deseó sinceramente Lola, ya separada de aquel cuerpo contundente y voluptuoso.

—Yo quería a tu madre. Siento muchísimo todo el daño que os hayamos podido causar. Ojalá pueda remediarlo.

Lola se conmovió.

—Siento lo de Robert.

—Ya.

El olor del café de la sobremesa se mezclaba con el perfume de un guiso con pimientos.

—No era una mala persona, de verdad —susurró Mila.

—Y creo que tú tampoco.

Mila acarició la cara preciosa de Lola.

—Me das envidia —continuó la chica—. Yo también quisiera irme de este pueblo.

—Pues lo harás. Harás lo que te propongas.

Lola esbozó una mueca de incredulidad.

—Adiós, Mila.

—Adiós, querida.

Y Mila salió de la pensión de Sagrario y Lola. Se subió al coche, aquel en el que un día llegó a Monte Nieves como si fuera Ava Gardner. Y se fue para siempre dejando un vacío de incómoda añoranza. Como Ava Gardner.

36

Todo el mundo quiso que aquello sucediera rápido y así fue. A Joaquín lo encajonó el enterrador en el nicho más incómodo e indeseado, a ras de suelo, una oquedad casi invisible, lo más lejos posible del cielo.

Había algo desasosegante aquella mañana en el pueblo, y uno en el bar dijo: «Qué silencio», y todos comprendieron que esa era la epidemia, el vapor que momificaba Monte Nieves, la frecuencia extraña e inquietante.

Fran salió de casa hacia la pensión de Lola, como tantas mañanas. Pero esta vez se topó con un paquete en su puerta. En el anverso solo ponía: «Para Francisco». Cogió el gran sobre marrón y lo abrió sobre la mesa de la cocina. Allí encontró todos los documentos, archivos, expedientes, informes, análisis, planos y demás mapas y escritos relacionados con el proyecto de extracción de gas que se estaba realizando en Monte Nieves. Aquellos papeles estaban en alemán, pero era, sin duda, una prueba irrefutable de la inyección de agua, arena y químicos, algunos muy tóxicos, en el subsuelo para romper las rocas y obtener gas. Una operación claramente denunciable ante organismos europeos e internacionales.

El gacetillero se sentó en la silla de madera y comprendió que tenía por delante una larga y compleja misión. Una vez muerto Robert, y con Mila lejos del pueblo, quizá lo más razonable para que Lola no abandonase Monte Nieves era retomar la lucha contra aquel atropello medioambiental que estaba suponiendo el deterioro natural y social del pueblo.

Salió finalmente de casa y se dirigió a la pensión. Quería compartir con Lola la noticia de todos aquellos documentos que le había filtrado Mila junto con una breve nota de disculpa y despedida. Sin embargo, cuando llegó al hostal se encontró con Yosune, una amiga de Lola que a veces la relevaba en el mostrador.

—Lola se ha ido.

—¿Adónde?

—No lo sé. Estaba triste. Dijo que necesitaba dar una vuelta y me llamó para que me ocupase un rato de la pensión. Y de su hermano, que ahora está dormido.

Fran no contestó. Salió del establecimiento y sintió cómo lo abrazaban los tentáculos del estío. Caminó por el pueblo como un sonámbulo, sin destino fijo, confiado en hallar a Lola al doblar alguna esquina. Tras un rato andando sin rumbo se paró a pensar. Y concluyó que la chica podía estar en la cabaña de Marc. El catalán hacía dos semanas que se había marchado a Francia y no había dado señales de vida desde entonces. Fran sabía que Lola estaba preocupada y melancólica.

La encontró junto a las colmenas deshabitadas. Estaba sentada en el suelo, mirando a las montañas, a la caries rocosa por donde desapareció en moto su amado.

—¿Puedo sentarme?

—Claro.

Y Fran dirigió sus ojos hacia donde miraban Lola y su silencio. Así permanecieron casi un minuto. Sus miradas paralelas, el sol hinchándose en el cielo.

—Se derretirá la nieve —susurró ella.

—Como todos los años.

—Pero este no va a ser un año como todos.

—¿Por qué?

—Ya no está mi madre.

—Sí, claro, perdona.

Lola hablaba sin mirar a Fran, sin retirar su pensamiento y sus pupilas de las cumbres.

—No puedo perder a mi madre y a Marc a la vez. No a los dos.

—Bueno, no tienes que...

—Voy a ir a buscarlo.

—Pero, Lola...

—Si le ha pasado algo necesito saberlo, y si ya no me quiere también.

—Cómo no te va a querer.

—Ya, no lo entiendo. No entiendo por qué no llama, por qué no escribe.

—Ya lo hará, seguro que todo tiene una explicación.

—Voy a ir a buscarlo y luego nos marcharemos lejos de aquí.

Fran miró entonces fijamente a la chica.

—Pero irte..., ¿por qué? ¿Adónde?

—No lo sé. Pero tal vez me vaya ya a Lyon. Mi amiga Yosune se puede quedar al cargo de la pensión durante unos días, y ya arreglaré lo de mi hermano.

—Pero, pobrecito, ¿qué vas a hacer con él?, ¿dónde te lo vas a llevar?

—No lo sé.

—Igual no es muy bueno para él cambiar de ambiente, irse a un sitio que no conoce con gente que no conoce.

Lola bajó derrotada la mirada.

—Si no escribe mañana, pasado me voy.

Las colmenas, a sus espaldas, parecían cajas sorpresa sin sorpresa.

Fran quiso que Lola regresase con él al pueblo, pero ella optó por quedarse sola un rato más en aquel recinto en el que había sido tan feliz. Siguió sentada junto a la cabaña donde había hecho el amor con Marc en los atardeceres morados del invierno, en los mediodías invisibles de la primavera. Allí habían cocinado calçots y habían reído, allí cantaron juntos acompañados por la guitarra, allí Lola aprendió a querer por primera vez, a sentirse amada no por su juventud ni su belleza, sino desde un lugar más hondo, más verdadero.

Fran se fue directo a la redacción de *La Gaceta del Valle*. Allí buscó distintas cartas y paquetes enviados desde Francia a la publicación. Quitó con mimo una de las estampas de matasellos y la pegó en un sobre. Luego se puso delante de un folio en blanco. Cogió un bolígrafo negro, se sentó, miró el papel concentrado y exhaló antes de escribir: «Mi querida Lola, perdona por tardar tanto en contactar».

2026

37

Vero teclea en su moribundo GPS «Monte Aurora». Pero el aparato vuelve a colgarse mientras calcula la ruta, así que lo apaga y pregunta por direcciones a una lugareña.

Ya ha llegado la Navidad a Monte Aurora. Hace apenas unos días que se estrenó noviembre, pero las avenidas ya lucen engalanadas de farolillos. Vero y Patricia pasean por un mercadillo del centro del pueblo. Este lugar es muy diferente a Monte Nieves. En este lado rico y amplio del valle hay mucha más oferta comercial, restaurantes lujosos, tiendas de esquí por todas partes, un balneario en lo alto, calles anchas y una naturaleza domesticada.

Ha cambiado mucho desde la última vez que lo visitó Vero. Ella era entonces una adolescente y Monte Aurora le proporcionaba unas oportunidades de ocio y de libertad que no encontraba en Monte Nieves. Pero hoy el turismo de montaña ha hecho del pueblo de Patricia una diminuta ciudad, cómoda y divertida, tranquila pero complaciente.

Compran unas castañas asadas. Patricia le mete una a Vero por la espalda cuando se queja de frío y el fruto seco caliente la estremece. Ríen en la calle, se besan despreocupadamente esperando a que se ponga en verde un semáforo. Vero se siente extraña en esa actitud tan romántica. Parecen una pareja de enamoradas de alguna película navideña, y ambas saben que su conexión y su actitud son algo nuevo para las dos. Experimentan una especie de inquietud y de excitación ante su caminar entrecruzado, cuando se colocan mutuamente el gorro de lana o cuando miran embelesadas el ocaso.

—Vamos a casa —anuncia Patricia.

Vero no responde. Las dos callan porque son conscientes de que hay algo importante en esa visita. Pero están entregadas a su inercia. Mañana es el gran entierro en Monte Nieves, donde se dará sepultura a los cadáveres que aún no han sido «reenterrados», además de a Tino, a Marc y al niñito o al feto que apareció en una caja de madera traído por aquella riada nocturna. Así que «qué más da», piensa la pareja. Mañana Vero volverá a Madrid y su aventura en el Pirineo habrá acabado. La pregunta clave es ¿qué mujer regresa a la capital? Pero ninguna de las dos quiere pensar en mañana, en el mañana, solo en cómo la lluvia ha acharolado Monte Aurora, y en el perfume de sus bocas, y en la egoísta sensación de que la vida les debe ese momento.

La casa de Patricia es céntrica y pequeña. Un piso con una decoración exigua y austera. Sin ningún gusto, ni malo ni bueno. Eso opina en su interior Vero. Huele a tabaco y a microondas. Dejan los abrigos encima de la mesa del salón-comedor. Patricia pone música desde el móvil, que se conecta por bluetooth con una pequeña base que hay en la estantería blanca.

—¿Qué es esto? ¿Qué suena? —pregunta Vero mientras mira alguna foto de las baldas, lee los títulos del lomo de los libros y camina por la estancia balanceándose sobre sus pies.

—¿Te gusta?

—Sí.

—Es Porcupine Tree.

—No lo conozco.

—Molan, son un grupo de rock progresivo.

—Pues suena un poco blandito, como si quisieras seducirme.

—No creo que a ti se te seduzca con cosas blanditas.

—Cómo me conoces ya.

Las dos chicas ríen mientras se sientan en el sofá granate. Patricia juega con el pelo de ala de cuervo de Vero mientras ella entorna los ojos. Y es entonces cuando la agente le suelta:

—Al alemán lo mató su mujer.

Vero se queda atónita. Patricia sonríe con la satisfacción de poder comunicar su descubrimiento al igual que se lo contó a su orgulloso padre.

—¡¿Cómo lo sabes?! —pregunta ella, también emocionada y contenta porque Patricia haya conseguido resolver su rompecabezas.

—Bueno, la verdad es que mi investigación no tiene mucho mérito. No es muy sherlockiana.

—Cuenta.

—Ya te dije que supe que la bala era alemana y eso reducía las posibilidades. Si ese asesinato no trascendió, si se logró ocultar al pueblo, tuvo que contar con la ayuda de alguien poderoso y que estuviera en sintonía con el proyecto del alemán. Y la persona lógica, la que más encajaba en ese perfil, era el alcalde.

—Don Enrique.

—Sí. Así que fui ayer a hablar con él. Pero no lo hice como guardia civil, sino como hija de Antón Sierra.

—Bien jugado.

—Apelé al cariño que le tiene a mi padre, a mi necesidad de reivindicarme ante él y, por supuesto, al hecho de que el crimen ha prescrito para que me contase si sabía quién era el asesino.

—Pues a mí me parece una buena estrategia detectivesca, no todo va a ser resolver los enigmas con una lupa.

—Bueno, gracias. El caso es que me contó que Mila, la alemana, le disparó en defensa propia y que él, como alcalde, llegó a la conclusión de que era mejor para todos silenciar aquel incidente y hacerlo pasar por un infarto.

—Monte Nieves es un cementerio de mentiras.

—No como Monte Aurora, este lugar tiene verdades. Y tiene futuro.

—Es un sitio bonito.

—Aquí es fácil ser feliz.

Vero entiende la indirecta y prefiere esquivarla, así que evita su mirada y propone beber algo. Patricia también comprende que hay que tomarse las cosas con más calma, por lo que se levanta y saca un vino tinto de una pequeña vinoteca.

—¿Has conseguido averiguar algo de Joaquín? No quiero...

—No, todavía no. Pero estoy en ello —le informa Patricia.

—Bueno, solo si puedes, bastante te he liado ya con mis cosas.

—Me encanta investigar contigo.

Vero recibe el vino en una gran copa y la choca con la de Patricia.

—Y a mí contigo.

Mientras las dos dan un sorbo mirándose a los ojos suena el teléfono de Vero. Ella mira la pantalla y lee: «EVA». Patricia también observa la foto de la chica despeinada. Vero no sabe si descolgar. Se queda por un instante paralizada.

—Cógelo —la anima Patricia con sinceridad.

Vero sigue dudando mientras los tonos del teléfono rasgan la atmósfera.

Finalmente aprieta el botón verde, le da la espalda a Patricia y contesta mientras se dirige a la esquina opuesta del salón. Para darle más intimidad, la guardia civil regresa a la cocina a preparar algo de picar.

—¿Qué tal, controladora?

—Bien, *copy*.

—Mañana por fin entierran a tu padre, ¿verdad?

—Sí, por fin.

—¿Y luego te vuelves?

—Sí.

—No sabes lo que te echo de menos, lo larga que se me ha hecho esta semana.

—Y a mí.

—Te hago la cena que te gusta, ¿vale? Pero vuelve despacio, no hay prisa.

—Vale.

—Que yo te espero.

Vero sonríe forzada, como si su novia pudiese ver el gesto, pues lo da por una contestación.

—¿Qué hacías? —inquiere Eva para romper el silencio.

Vero entiende que ahora debe mentir. Odia hacerlo, prefiere la sequedad y las evasivas a no decir la verdad.

—Aquí, en casa de mi madre, tranquila.

—Pues a ver si me llevas algún día. Ahora ya empiezo a tener curiosidad.

—Pues no te pierdes nada. A no ser que te gusten el viento y las fresas.

—En poquitas dosis, sí.

Luego Vero exhala el principio de una risa, un sonido suficiente para que esta vez confíe en que valga como respuesta.

—Te veo mañana —concluye Vero.

—*Can't wait.*

—Un beso.

—Te quiero.

—Y yo.

Cuelga. Se guarda el móvil en el bolsillo del vaquero negro y mira por la ventana. Ve Monte Aurora brillando, dorada, parpadeante. Se siente más extraviada que nunca, con ganas de llorar. No sabe si salir corriendo de casa de Patricia o refugiarse bajo sus sábanas. Da un sorbo de vino. Da otro.

—¿Todo bien? —pregunta la chica mientras regresa al salón con un plato de queso en una mano y otro de fuet cortado en la otra.

Vero se gira y la ve preciosa.

—Sí, todo bien.

—Guay.

Vero está segura de que Patricia sabe que quien ha llamado es su novia. Y le parece un gesto considerado, cariñoso e inteligente que no le haga ninguna pregunta al respecto. Agradece que deje que la velada siga según lo previsto y que permita que sea ella, o el destino, o el día de mañana, quien decida si habrá más castañas rodando por su espalda, si se repetirán las comidas mirando al monte y los besos en la lluvia.

38

Antes de acudir al cementerio tienen otra conversación. Lola se ha vestido de negro, lleva un traje tupido donde los botones de nácar se alinean en la parte frontal dibujándole una punteada columna de brillos. La maltrecha cabellera de Fran aún está húmeda cuando agacha la cabeza y dice, por enésima vez en los últimos días: «Lo siento». La decepción, la tristeza y el vacío no abandonan el rostro de la mujer desde que, al ver a Marc ataviado con la misma ropa y con la bolsita de avellanas con la que lo despidió hace treinta años, comprendió que murió el mismo día de su partida. Desde que entendió que él no escribió las cartas de amor que supuestamente le llegaban de Francia. Desde que dedujo, sin ningún tipo de duda, que el autor de las misivas era Fran.

El periodista le ha explicado más de una vez, entre ruegos y lágrimas, que falsificó aquellos folios por amor. Por diluir la pena de Lola, su frustración y desconcierto al no recibir noticias de Marc, por salvarla del sufrimiento que le provocaba aquel silencio. Sí, Fran le ha reconocido la mezquindad de su impostura, la bajeza de su engaño. Se ha deshecho en arrepentimientos, pero siempre ha prevalecido la justificación: su pasión incombustible hacia ella, su voluntad de hacerla feliz, su certeza de que aquella farsa —avalada, en cierta manera, por el tiempo y su propia hija— ha merecido la pena.

Durante la última semana, Lola ha respondido a las súplicas de perdón y a los argumentos de su marido con un abanico de reacciones: gritos, llanto, silencios metálicos. Ha manifestado su rabia, su desencanto y un abismo que no sabe nombrar. Pero no ha dado un veredicto, no ha expuesto el balance de sus emociones ni, por tanto, su decisión sobre cómo actuar a partir de ahora.

Por sus pupilas no deja de desfilar la película imposible de su otra vida, la que le robó la suplantación de Fran. ¿Qué habría sido de su porvenir si hubiera sabido entonces la muerte súbita y desgraciada de Marc? ¿Habría seguido viviendo en el pueblo? Y, sobre todo, ¿habría acabado unida con el periodista? Lola es consciente de que esas conjeturas ya no tienen sentido, pero lo que resulta innegociable es el odio y el resentimiento que siente hacia su marido. Por otro lado, no puede negar que lo quiere, que aprendió a quererlo, que sus últimas tres décadas en Monte Nieves han sido plácidas, que se ha reconocido amada, cuidada y protegida por Fran, quien es el padre de aquello que la hace levantarse cada día: su hija. Pero ¿puede perdonarlo? ¿A qué mundo la empujaría una ruptura con su esposo? Aunque... ¿es capaz de seguir junto a un impostor?

Es un día horroroso en Monte Nieves. El frío punzante y la lluvia rala intensifican la sensación de helor. Sin embargo, todo el pueblo se ha congregado en el cementerio para asistir a un sepelio sin precedentes. Se trata de un entierro múltiple, como si fuese el adiós a las víctimas de un atentado, de una tragedia colectiva. Y, en el fondo, lo es. Dramas individuales pero interconectados son los que han propiciado los cadáveres que este domingo descansarán definitivamente a los pies de la montaña derretida.

Es el cura de Monte Nieves quien oficia el funeral, pero también está allí Nicolás. A alguno de los cuerpos desenterrados por el corrimiento de tierras ya les dio sepultura el antiguo clérigo del pueblo hace treinta años. Otros difuntos, en cambio, serán despedidos por primera vez, como Marc y Tino.

Primero, el párroco recita unas oraciones por los muertos a los que la riada perturbó en su reposo eterno, entre ellos al diminuto esqueleto hallado en una caja de madera. Hay unas cien personas en el pequeño camposanto. Casi todas se santiguan y rezan en sordina. Luego es el turno de decir adiós a Marc. Al poco tiempo de hallar su cadáver, la Guardia Civil rastreó la procedencia del cuerpo y encontraron su moto en el fondo de una grieta a la que debió de caer accidentalmente el mismo día en que inició su arriesgada travesía hacia Lyon cruzando los helados Pirineos. Los forenses confirmaron la muerte accidental y que la congelación preservó el cuerpo bastante intacto, pues aquella incisión en la montaña lo aisló del calor estival. También le preguntaron a Lola si tenía los datos de contacto de los padres del catalán, si sabía de algún hermano u otro familiar que pudiera querer enterrar al chico en Barcelona. Pero quien fue entonces su novia no pudo responder a aquellas cuestiones.

Los paraguas contienen la lluvia escarchada, todas las manos están a cubierto en los bolsillos, menos las de los dos enterradores, que meten el ataúd de Marc en un nicho a media altura. En primera fila de aquel ritual se encuentran Lola, Fran y la hija de ambos. Lola parece ida, más que seria o triste. De vez en cuando Fran la mira de perfil. Hay en los ojos del periodista remordimiento y vergüenza, hay una transparente demanda de absolución. Pero Lola, que sabe lo que implora en silencio su marido, no gira la cabeza, no se lo concede.

El cura dice unas palabras sobre la misteriosa voluntad divina de que algunas personas mueran jóvenes. De la recompensa del cielo, del amor insondable de Dios. La hija de Lola y Fran se distrae con las gotas que resbalan por el filo de su paraguas transparente. No parece ser consciente de la sentencia emocional a la que está abocando a sus padres el entierro de Marc. Mucha gente del pueblo, en cambio, no le quita ojo al matrimonio, convencida de la responsabilidad de Fran en el engaño epistolar y, en consecuencia, conocedores de lo que ha supuesto para la pareja el descubrimiento del cuerpo.

No existe ahora término medio. Lola ha de aceptar a su marido o pulsar el detonador de su unión. De momento siguen el uno al lado del otro, han acudido juntos al cementerio, pero es obvio, por la frialdad de la mujer, que aún está debatiéndose por dentro. Y es en el momento en que Lola posa una rosa en el nicho cuando todo Monte Nieves la observa expectante para ver cómo vuelve a dar un paso atrás hasta la altura de Fran y cómo saca su mano helada del bolsillo para agarrar con fuerza y por primera vez desde hace días la de su esposo. El esperado, público y definitivo sello del perdón.

El último cuerpo en desaparecer bajo la tierra es el de Tino. Carmen llora mientras Vero le pasa el brazo por los hombros y la aprieta contra su pecho. Ambas perciben cómo el pueblo se apena. Tino era un hombre rudo y temperamental, corto de miras, tradicional y terco, pero también era noble y auténtico, natural, leal y fiable. Un montenevino de toda la vida, un cazador pirenaico, un hombre familiar enamorado de su entorno.

Vero hace acopio de los escasos recuerdos que tiene de su padre. De la misma forma que su progenitor no estuvo presente en su memoria antes de la noticia de su muerte, sabe que en cuanto abandone Monte Nieves volverá a desvanecerse en su pensamiento. Así que le da aliento a su ceniciento cariño por Tino, recolecta las estampas más emotivas de su niñez junto a él, quiere hacerle una pira amorosa, un último homenaje sentimental antes de enterrarlo también en su presente, en su mente y su corazón. No almacena en su interior demasiada nostalgia, demasiado combustible sentimental para hacer la ofrenda final. Pero sí la suficiente pena como para conmoverse cuando cae la primera palada de arena sobre el cajón. Para contagiarse del lamento de su madre, a la que sabe que ahora, de verdad, dejará sola. Y con esa dosis de lástima siente Vero que cierra por fin el círculo con su padre. Eso es, al menos, todo lo que puede ofrecer: todo el lamento del que es capaz, todo el vacío que acierta a reconocerse, toda la frustración de la que puede tintar el futuro.

Y, cuando la tierra ya ha sido aplanada sobre la fosa y el cura ha hecho la última cruz en el aire, se da por concluida la ceremonia. Ha parado de llover. Los aldeanos van poco a poco abandonando el embarrado cementerio, silenciosos y cabizbajos. Todo el mundo tiene ganas de llegar a casa y calentarse al fuego. Solo dos personas se rezagan a la hora de salir del camposanto. Dos figuras que se miran a los ojos y lloran juntas sin lágrimas y en silencio. Que antes de separarse observan con inmensa tristeza por última vez la pequeña y renovada tumba con el diminuto esqueleto. Su diminuto y querido esqueleto: Nicolás y María.

Vero y su madre regresan a casa. Carmen añade un par de troncos a las brasas de la chimenea. Se frota las manos al aliento de las llamas. Su hija la imita. Entonces Carmen dirige la mirada hacia la habitación donde descansa la bolsa de cuero. Vero ya hizo la maleta a primera hora, antes de subir al cementerio. No quiere volver a conducir de noche hasta Madrid.

—Así que te vas ya...

La hija la mira con ternura.

—Sí, mamá.

Vero está sentada en el suelo, junto a la chimenea. Su madre, en una silla, también está próxima a la lumbre. Los dos rostros se flamean con la sombra de las llamas.

—Perdona, hija. Perdóname por no decir nada, por callar.

—Mamá... —se lamenta Vero.

—Lo hice lo mejor que pude. Te quise proteger. Con tu padre las cosas tampoco eran fáciles, ya lo sabes. Yo también he sufrido mucho, mi amor.

Y el «mi amor» de su madre sabe a infancia y a corazón, y sabe también a un cariño mal enterrado, como tantas cosas en el pueblo. Vero se conmueve, se levanta de la alfombra y abraza de rodillas a su madre.

—Mamá, no llores. No tengo nada que perdonarte.

—Yo te quiero tanto...

—Y yo mamá, y yo.

Y Vero también llora. Ya no recuerda la última vez que lo hizo. Lo que la ha acabado conmoviendo no ha sido la muerte de su padre, sino la resurrección del amor por su madre. Y de verdad la apena coger su mochila y cerrar la puerta de su pequeña y fría habitación en el primer piso. Le parece que lleva viviendo allí una eternidad.

—Ven pronto —suplica Carmen ya en la puerta de la calle.

—Claro que sí.

—Mi Verónica, vivaracha y regordeta... —susurra su madre mientras le acaricia el rostro huesudo.

Vero la abraza con fuerza y le besa la mejilla flácida oliendo el perfume a laca y a vejez. Y la quiere con verdad y con miedo. Como a los auténticos amores.

—Ven tú también a Madrid.

—Ay, hija... Ojalá vivieras más cerca.

Vero le da un último beso en la sien y sube a su moto. Su madre posa un beso en la yema de los dedos y se lo lanza. Vero espera a que le llegue para deslizar la visera del casco.

El cuartel de la Guardia Civil está por la salida baja del pueblo, cerca del primer meandro del río. En la puerta hay dos coches aparcados, el nuevo Megane eléctrico que conduce Patricia y un Mitsubishi ASX de la antigua flota. Vero se para en la cancela y escribe un wasap a su «amiga» anunciando que está fuera.

No tarda en salir. Se reprime ante el impulso de darle un beso. Ve entonces la moto empacada y sabe que ha llegado el momento de la despedida.

—Es de coña que te vas, ¿no?

Vero suspira con pesar.

—Qué va a hacer esta pobre pueblerina con su corazón roto. ¿Tirarlo al río como una medalla?

Es ahora Vero quien hace esfuerzos para no abrazarla.

—¿Damos una vuelta? ¿Puedes? —pregunta.

—Claro. Espera, que cojo el abrigo.

Patricia vuelve en pocos segundos a la carrera y ambas se dirigen a la ribera del río, copiando aquel paseo de los primeros días. Ahora hace más frío, la humedad las entumece.

—Nunca me habría imaginado que me costase tanto irme de aquí.

Reclina la cabeza sobre el hombro de Patricia. No dejan de caminar muy lentamente bajo las ramas negras de lluvia.

—Pues no te vayas, Vero.

—Pero, Patricia...

—En serio. Piénsatelo. Por qué no quedarte aquí... conmigo. A lo mejor ya no eres la Vero de Monte Nieves, pero tampoco eres la de Madrid. Eres la Vero de Monte Aurora.

—Tengo mi vida en Madrid...

—Lo sé, y quizá esa es la vida de otra Vero. Tú misma me lo has dicho, algo ha cambiado en ti.

—Sí, ahora, al parecer, soy otra vez vivaracha y regordeta.

Sonríen al unísono.

—Sé que es una locura lo que te estoy diciendo. Solo hace una semana que nos conocemos. Pero yo tampoco entiendo cómo me resulta tan difícil separarme de ti —confiesa la agente.

Vero frena en seco y la besa.

—Estoy hecha un lío… No quiero irme, pero no sé si puedo quedarme. No sé adónde pertenezco, ni siquiera sé muy bien quién soy y…

—Ahora tienes que pensar en quién quieres ser.

—Quiero ser alguien nuevo. Lo desee o no, voy a ser alguien nuevo.

—Eso está bien.

—Supongo que sí. Porque ahora sé algo que lo cambia todo. Es curioso, pues, aun sin darme cuenta de que tenía un secreto, un trauma, de alguna manera siempre he sentido que había una parte de mí que estaba enterrada, silenciada.

—Como le pasa a Monte Nieves.

—Exacto. Es como si el pueblo y yo hubiéramos estado viviendo bajo una nieve invisible.

—Pues saquemos ya la cabeza y respiremos.

—Como el arce de Monte Aurora.

—Como el arce de Monte Aurora —repite Patricia.

Se abrazan.

—Solo me queda saber una cosa, si…

—Toma —la interrumpe Patricia.

La guardia civil saca un trozo de papel doblado en cuatro. Vero lo despliega y lee una dirección.

—Ahí está Joaquín —sentencia Patricia.

Un escalofrío recorre a Vero.

—Gracias.

—Ve allí, resuelve lo que te tengas que resolver y vuelve.

Vero le coge la cara con las dos manos y la mira con un flagrante amor. Ya no se oye el río.

39

Vero intenta conectar el GPS de su moto, pero ni siquiera se pone en marcha. El botón de encendido no prende la pantalla. Su funcionamiento es errático y ahora falla en el momento más crítico. En realidad, llegar a Monte Aurora no era tan difícil, pero no tiene ni idea de cómo arribar a Gavaurets, una pequeña aldea en la parte más elevada y fría de los Pirineos. Mira la ruta en su teléfono móvil e intenta memorizarla. Está a dos horas de su destino por helados caminos de montaña.

Nota cómo el frío va penetrando su ropa a medida que asciende. Las nubes son escudos de plomo que impiden el tacto del sol. A las dos de la tarde parece de noche. La nieve comienza a puntear el paisaje, el viento es uno de los grandes escollos que tiene que salvar Vero, quien no quiere pensar en el motivo del viaje porque se le aprieta el corazón. Se centra en agarrar con fuerza la empuñadura de la Honda, en refugiarse de la ventisca blanca agachando el cuerpo y en alcanzar cuanto antes el remoto pueblo en el pico del fin del mundo.

Tiene que parar un par de veces para consultar en el móvil el camino que debe seguir. El frío le muerde los dedos cuando se quita el guante para manipular el aparato. Pero finalmente llega, con el temporal ya casi escampado, a una pequeña aldea sepultada por la nieve. No le cabe en la cabeza cómo alguien puede vivir en un caserío tan diminuto y perdido. A ella, que

Monte Nieves le pareció, nada más llegar desde Madrid, un rincón despoblado e insignificante…

Baja de la moto y, sin quitarse el casco, entra en el bar. En la nota que le ha dado Patricia solo pone: «Joaquín. Gavaurets». No tiene una dirección más detallada. Ya en la cantina se desprende del casco que le servía para mantenerse algo caliente. Se nota sofocada por el esfuerzo de conducir en tensión. Se ordena el flequillo y observa cómo le clavan la mirada los cuatro lugareños, todos hombres, que toman algún licor y juegan a las cartas en una de las pocas mesas del local.

Vero se acerca a la barra y le pregunta al camarero por Joaquín Esteban. El tipo, un hombre delgado y con la cara picada, se queda unos segundos pensativo y luego grita a los clientes:

—*Escolteu, sabeu on viu un tal Joaquim?*

—*Aquest és el vell del penya-segat* —responde el más viejo de los parroquianos.

—Ah —añade el camarero, que no parece tener el mínimo coeficiente intelectual—. Pues eso, ahí anda.

—Perdone, pero no he entendido dónde estaba.

—En el precipicio —explica el más grueso de los jugadores de cartas—. Siempre está ahí, así que lo encuentras seguro.

—¿Y en qué casa…?

—Allí solo hay una casa —explica otro de los pueblerinos.

—Vale, gracias.

Ningún habitante del bar vuelve a mirarla ni a dirigirle la palabra.

El día continúa gélido y oscuro. Las nubes están bajas y empapan de humedad y bruma el paisaje. Vero retorna a su moto y sigue subiendo el único camino que atraviesa el pueblo. Se ve próximo el corte de la montaña. No parece tener pérdida.

Apenas un par de minutos le lleva encontrar una pequeña casa entre el bosque. Se le acelera el pulso. Baja de la Honda y camina entre la maleza nevada hasta la puerta. Coge fuerzas, retiene durante unos segundos el aire de hielo en sus pulmones, luego lo deja escapar poco a poco y toca con los nudillos en la puerta de madera. No hay timbre.

Espera unos segundos hasta oír un chirrido que se acerca a la entrada.

—¿Quién es? —pregunta una voz débil y arrugada.

—Soy yo.

Vero no sabe por qué ha dicho eso. De repente le ha parecido lógica y natural esa contestación.

La puerta se abre y ella no ve a nadie. Tiene que bajar la mirada para encontrarse con un anciano sentado en una silla de ruedas. En un principio piensa que se ha equivocado. Apenas conserva un vaporoso recuerdo de su profesor, revivido por la foto de la clase y por la caricatura del *¿Quién es quién?*, pero desde luego no se asemeja a aquel hombre consumido e inválido.

—¿Eres Joaquín?

—Sí. ¿Quién eres tú?

—¿Puedo pasar?

Vero no espera a su contestación para entrar en la cabaña. Confiaba en encontrar una temperatura más reconfortante, pero sigue haciendo frío dentro. El lugar huele a suciedad y a tabaco de pipa, pero el aroma es más amargo que el que ha archivado involuntariamente en su memoria. La estancia está desordenada y medio vacía. Un sillón con manchas en la tapicería, una tele pequeña y agrietada en una esquina, un radiador eléctrico algo oxidado, cacharros en el fregadero sin lavar, una estantería donde se apilan y se comprimen numerosos libros ya amarilleados y una alfombra con calvas.

La chica se queda en medio del salón, Joaquín gira su silla y la encara. Se coloca mejor la goma que surca su cara entre la nariz y el labio superior, de donde emana el oxígeno de la botella que tiene prendida a la silla.

—Soy Verónica.

Joaquín se queda callado, desconcertado. Sus ojos esmerilados parpadean con velocidad. Vero lo escudriña. Busca la respuesta a su gran incógnita del pasado, sin embargo nada despierta en ella un veredicto. Pensaba que nada más ver a su profesor aparecería en su interior la contestación a la pregunta que la atormenta: ¿fue de verdad víctima de abusos? Pero el anciano le es desconocido, un hombre con semblante de tristeza, manifiestamente acabado.

—Perdona… —balbucea Joaquín—, no sé muy bien quién eres. Ya no me acuerdo de muchas cosas.

—Pero ¿te acuerdas de Monte Nieves?

El hombre se pone muy serio y nervioso. Vero puede notar cómo el mecanismo de su cerebro se acelera intentando establecer conexiones. La chica espera a que algún interruptor de su mente encienda su imagen de niña. Y, de repente, el viejo parece haber comprendido. Abre mucho sus ojos nublados por las cataratas y pregunta:

—¿Eres Verónica…, la Verónica… de Monte Nieves?

—Sí. Tú eras mi profesor. Cuando tenía seis años.

Joaquín tiembla, le cuesta respirar, no controla su nerviosismo. Sus manos de uñas largas agarran con fuerza el reposabrazos de la silla y comienza a emitir un sonido fricativo, los dientes superiores rozan con el labio inferior dejando salir el aire intermitentemente. Y ese sonido labiodental, sordo, es lo que activa en Vero un tsunami emocional, un alud de recuerdos, lo que rompe por fin la presa de su memoria y la inunda de la nítida certeza de que Joaquín abusó de ella. La invaden la repulsión y el miedo, el odio y la vergüenza. Y comprende que probablemente ese estertor labial, fruto de la agitación y la tensión, era lo que ella escuchaba en el despacho del profesor cuando este la tocaba por debajo de la ropa. Y entiende, por fin, que «ECHA», «RÍO» y «ORO» no eran las palabras que ella intentaba resaltar con su tachadura, sino que era la F, el sonido de la efe en la boca de Joaquín, lo que la niña quería eliminar al leer las palabras «FECHA», «FRÍO» y «FORO».

Víctima y verdugo se estremecen en el vértice de la nada. Vero tiene que sentarse en el pegajoso sillón porque no la sostienen sus piernas. Joaquín mira al suelo, incapaz también de mantener sus pupilas sobre las de la chica.

—Lo siento —susurra él.

—Hijo de puta.

—Soy un enfermo.

—Eres un enfermo hijo de puta.

—Yo...

El rostro de Vero se inflama de ira.

—No tenías derecho —continúa ella.

—Lo sé.

—Entonces, ¿cómo pudiste...?

—No podía controlarlo. Lo intenté. Lo intenté mil veces...

—No te justifiques.

—No lo hago. Solo te lo explico. Pero tampoco a mí me sirve de nada. Odio lo que soy.

Joaquín comienza a sollozar. Su imagen es patética. El tubo del oxígeno se ha descolocado sobre su cara, sus zapatillas de estar por casa están agujereadas, su barba es blanca y amarilla.

—No puedo pedirte que me perdones. Pero quiero decirte que me arrepiento. Que luché contra ello, contra mí. Que yo también soy una víctima de mí mismo.

—A mí eso no me importa —espeta Vero con rabia.

—Claro que no. Solo espero no haberte hecho mucho daño, que tu vida no...

—Me has jodido la vida.

El viejo profesor desploma la cabeza sobre su pecho huesudo y hundido.

—No sabes lo que me alegré de que me mataran en Monte Nieves —confiesa él.

—Por desgracia no lo hicieron.

—Es verdad. Pero aquella paliza para mí fue un alivio. Yo no podía contener mis impulsos, no podía parar y necesitaba que alguien lo hiciese por mí.

—Debieron acabar contigo para siempre.

—Sí. Yo también debería haber acabado conmigo. Lo he intentado, pero tampoco he podido. Me faltan las fuerzas y la determinación incluso para eso.

—Eres un cobarde y un monstruo.

A Joaquín le interrumpe una tos.

—Ahora soy un monstruo inofensivo. Después de lo que pasó me alejé de todo. No quise hacerle más daño a nadie. Me fui lo más lejos que pude, busqué el rincón más aislado.

Vero comienza a serenar su furia.

—No he vuelto a hacerlo.

—Eres asqueroso.

—No hablo apenas con nadie, como lo imprescindible, no tengo espejos en la casa. He venido aquí a dejar de existir.

Vero se levanta. No quiere seguir oyendo los lamentos y las excusas de su abusador. Siente náuseas.

—No te vayas, por favor. Solo un minuto más.

—No tienes derecho a pedirme nada.

—Es verdad. Solo quiero decirte que me alegra que hayas venido. Tú eres el castigo que me merezco y, de alguna manera, tu odio me da paz.

Vero también percibe que, a pesar de haber sido arrollada por el maremoto del dolor, la visita ha sido catártica. Hay una parte de ella que experimenta una descarga inmensa. Por fin tiene todas las piezas del puzle de su vida, finalmente ha completado su propio *¿Quién es quién?*

—Gracias, Verónica.

La chica observa la calva de Joaquín con una inmensa cicatriz. La sombra de sus lágrimas en el cuello del jersey apolillado. Mira a través de los cristales sucios y descubre cómo ha vuelto a nevar con fuerza y a levantarse una gélida ventisca.

Y hay algo de conmiseración en ella. Dirige sus pupilas una vez más al anciano encogido en su silla rodante antes de caminar hasta la puerta. Cuando pone la mano sobre el pomo, escucha a Joaquín preguntar:

—¿Puedo pedirte una cosa más?

Vero está a punto de salir sin contestar. Pero, sin saber muy bien por qué, retira la mano del picaporte y se da la vuelta para escuchar la demanda.

—Hace un día precioso. ¿Te importa llevarme a ver el paisaje?

Ella duda. Sabe que Joaquín le está pidiendo su ayuda para morir. Y Vero piensa en su infancia, en Inés, en el colegio, en María, en su padre y en su madre, en las excursiones a la montaña, en los juegos con muñecas en casa del alcalde... El profesor la observa expectante, suplicante. No atender a su ruego es condenarlo aún más. Por un lado, siente el impulso de abandonarlo en la casa, a su suerte ya echada, a su destino finito y tortuoso. Pero, por otro, descubre una doble satisfacción concediéndole el deseo. De una parte, su misericordia la liberará, habrá algo de perdón en ello. Ser capaces de amnistiar a nuestros verdugos nos ofrece una elevación espiritual placentera y sanadora. Y, además, en este caso, complacer la voluntad de Joaquín supone también dar un portazo definitivo.

Así que Vero coge los mangos de la silla y saca al anciano de la casa. La nieve cae pertinaz, los remolinos escarchados golpean sus mejillas. Empuja la silla ladera arriba. Ambos entornan los ojos para protegerse del gélido y sonoro temporal. Ella lleva puesta su abrigada cazadora de motorista, sus pantalones forrados y sus botas. Joaquín apenas viste un jersey deshilachado y un pantalón de franela. Vero ve cómo comienza a temblar y su tez se torna lívida.

Le cuesta hacer girar las ruedas sobre el camino cuajado de nieve, pero pone todo su empeño en seguir avanzando. Los dos están en silencio hasta que Joaquín anuncia:

—Ahí, en ese repecho. Hay unas vistas preciosas del valle.

Vero lleva con dificultad la silla hasta la cumbre. Las ruedas quedan enclavadas en la nieve virgen. Los copos, bandeados por el viento, no permiten ver a gran distancia, pero se adivina en la lejanía una garganta rocosa y un níveo pinar.

—Aquí —susurra él.

Detiene la silla dejando a su profesor mirando el abismo, quieto, aterido, poco a poco sepultándose de nieve mientras recibe tranquilo la mortal tempestad.

—Gracias. Y adiós, Vero.

La chica no lo mira a la cara. Simplemente se da media vuelta y comienza a caminar hacia su moto. Tiene la tentación de girarse, de ver por última vez al hombre que truncó su vida. Pero no lo hace. Su vida está ya delante de sus ojos.

40

Sabe que conduce más rápido de lo que debería, pero la supera la necesidad de alejarse de aquella cúspide. Jadea, empapa con su vaho la parte inferior de la visera y nota cómo el corazón se le desacelera cuando la carretera recupera su horizontalidad al tiempo que la nieve torrencial se torna en confeti. Dibuja en su mente el inesperado círculo del destino: aquel agravio al valle perpetrado por los alemanes creó un deshielo que ha vuelto a sacar a la luz el ayer. La montaña ha recuperado también su memoria, ha saldado cuentas.

Es cierto que ella ahora dispone de todas las claves de su pasado, que posee las explicaciones que le permiten comprender en quién se convirtió, por qué se transformó en la antítesis de chica que estaba destinada a ser. Pero tiene que terminar de componer todo el mosaico para ver cuál es la imagen final. A eso se dedica mientras su moto atraviesa bosques de eucaliptos y lagos. Vero ha entendido que aún late en ella la personalidad que el trauma le robó. Vive en su interior un incipiente amor por la jardinería, por la gastronomía y la naturaleza de pueblo, por su madre. Ha establecido una conexión que en otro tiempo habría considerado inverosímil con un mundo, con unas emociones y con unas pasiones familiares. Ella es eso y no puede negarlo. Las dramáticas circunstancias, desconocidas para ella, la entregaron a unas aficiones y unos intereses nuevos, consiguió encontrar en su vida y en su profesión en la ciudad un renovado sentido a su ser, pero en su interior habita todavía la niña que fue.

Sin embargo, quizá también por su amnesia, no ha pensado aún en su vida actual, su vida reconstruida. Adora el *pad thai* y el olor a queroseno del aeropuerto, se identifica con su corte de pelo a navaja, con sus piercings y sus tatuajes, eso también es ella. Es quizá ella más que ninguna otra actitud heredada de sus primeros años o de su propia genética. Porque la rutina madrileña la ha escogido ella, la ha levantado ladrillo a ladrillo, día a día. ¿Qué nos define más: el legado o la elección? Piensa en su ático luminoso con vistas a la M-30 y lo echa de menos, y a la vez recuerda la chimenea junto a su madre y desea estar allí.

¿Dónde se encuentra ahora su lugar? Si se mira al espejo, ¿ve a la protagonista de *Millennium* o a una chavala vivaracha y regordeta? No lo sabe. El depósito de gasolina está lleno, puede conducir sin parar durante horas.

De repente se enciende una pequeña luz en el centro del manillar. Es el GPS. Misteriosamente ha revivido, su fallida mecánica lo acaba de poner, contra todo pronóstico, en funcionamiento. Vero mira la pantalla y lee: «Seleccione últimos destinos: Madrid. Monte Aurora». Se queda bloqueada mirando la petición del aparato. Y entonces deduce que quizá la pregunta crucial no es: «¿Quién soy?», sino que la cuestión es: «¿Con quién quiero estar?». Porque las identidades no las conformamos en el vacío, sino en relación con los demás. Somos el reflejo de nuestra entrega, nos constituimos con la imagen de nosotros mismos que nos devuelven los otros, vivimos en el espejo de la gente amada.

Eso piensa Vero cuando ha de encarar el cruce de caminos de su corazón. Sabe que Eva es su refugio, Eva era el hormigón de su presente, junto a ella no solo hay un proyecto de tener hijos, sino que existe un pasado juntas, de años compartidos, un reino de besos y peleas, de helados y de llamadas, de viajes y de luces de mesilla de noche. Eva se erigía, antes de este viaje, en un tótem vital, en una baliza incuestionable. Pero ahora, sin embargo, se difumina su perfil en el recuerdo. No, no es en el recuerdo, es en el futuro. Y eso es lo que la aterra. Se siente indefensa sin el amor hacia Eva combustionando en su pecho. Le asalta una sensación de invalidez, de descarrilamiento. Pero mira bajo sus pies y comprueba que el camino por el que ahora transita ya no es el de antes.

Luego está el tigre de la culpa. La bestia acechando para saltar sobre sus noches en el mismo instante en que rompa la relación con su novia. Viene de mirar al mal a los ojos, pero, desde luego, la bondad tampoco la definiría si abandona a Eva, si la deja sola frente a dos copas de vino blanco, si convierte en un desierto su cama y su porvenir.

No habrá reproches ni remordimientos, en cambio, si no vuelve junto a Patricia. En ese abrazo no hay reliquias, tampoco promesas. Sin embargo, en su órbita Vero danza con la lógica y la naturalidad de un planeta.

La felicidad se fragmenta. Es un juego de polos opuestos, de apuestas y renuncias. No somos nada del todo, completamente, impertérritamente. Somos una pieza del puzle del mundo y el mundo es una pieza del puzle de la eternidad. Nuestra presencia es un copo de nieve y, sin embargo, ese copo es todo, es a la vez toda la tormenta y es el universo. Vero se vuelve absurdamente metafísica intentando resolver la ecuación de su destino, igual que ha desentrañado durante tantos años la matemática de los aviones. Pero ahora no está en lo alto de la torre de control, no tiene perspectiva, solo araña el mapa sobre una Honda a toda velocidad, en un único plano, moviéndose sobre un vector que la ha de llevar hacia el resto de su existencia.

Vuelve a mirar el navegador, la encrucijada de su sino. Ella sería incapaz de llegar por sí misma a ninguno de los dos lugares. Necesita de la máquina para guiarla, esa desorientación innata no se enmendó con el paso del tiempo. Todavía cae algún copo sobre un escenario cada vez menos nevado. El sol rasga el velo nuboso. Una nueva claridad baña el paisaje, súbitamente se dora la ladera y fulge como un guiño el estanque del horizonte. Vero aminora, respira el aire virgen y sonríe, por primera vez, completa.

Comprende entonces que la dicha quizá no esté en las coordenadas, ni siquiera en el viaje. La pura paz, el culmen, se halla en cada segundo en sí mismo, sin relativos pasados ni futuros. Experimenta una libertad prístina si se desprende de los legados y las aspiraciones, de las responsabilidades y los sueños. Es genuinamente ella ahora, ahí, en el instante, esa es la verdadera Vero. Por fin lo entiende. No necesita encontrar su identidad en la niñez, en la maternidad o en la pupila ajena. Se acabaron los prismáticos y los retrovisores, la incansable búsqueda, las incertidumbres, las huidas y los regresos. Nada existe antes o después del segundo presente, del metro instantáneamente ocupado. Cada suspiro de su trayecto es una realidad en sí misma, una vida legitimada, una existencia entera. La personalidad no es un cociente ni una fórmula, somos la llama que cabalga por la mecha.

Así que, cuando la luz de aceite esmalta el valle, Vero se percibe, de una vez por todas, colmada, eterna, única y feliz. No sabe qué destino elegir, pero ya no importa. Sube la visera del casco. Ha desaparecido la nieve. Apaga el GPS.

Nota del autor

Apareció una mañana más andando con determinación por el paseo de grava del jardín. Su pelo plata y oro, su chaqueta de cuero y su maletín con las fotos, los dosieres y el cuaderno de apuntes sobre las series y las películas en las que estábamos trabajando.

Irene Arzuaga y yo nos conocimos en 2015 haciendo *Ochéntame... otra vez*, una serie documental que emitía Televisión Española después de *Cuéntame*. Enseguida conectamos. Ella tiene una energía que te electrifica, una pasión por contar historias —es una excelente tramadora y una brillantísima directora de publicidad, televisión y cine— contagiosa. Era imposible no querer aliarse con ella si, como también me pasaba a mí, sentías la pulsión de crear cuentos para la tele o el cine.

Así que, durante varios años, nos dedicamos a urdir ficciones que presentamos en varios canales y plataformas. Cosechamos un buen ramillete de negativas, pero no nos desanimamos. Seguimos quedando con regularidad y entusiasmo para rellenar pizarras y sueños, como aquella mañana de hace cinco años en la que vino a casa con su sonrisa, su maletín y una nueva idea. Acababa de leer una noticia sobre un desprendimiento de tierras en un pequeño pueblo de Noruega. Esa avalancha, presumiblemente provocada por el deshielo climático, había desenterrado los ataúdes del cementerio. Los dos coincidimos en que ese podía ser el germen de un interesante misterio. Comenzamos entonces a trabajar en los capítulos que llamamos *Deshielo*. Confeccionamos varios personajes, determinamos cuatro enredos y convinimos un final.

Yo era el encargado de escribir ese desarrollo para incluirlo en un dosier. Pero encallaba cada vez que intentaba sintetizar esa crónica a dos tiempos de vidas cruzadas en un pueblo montañés. Así que finalmente dejamos *Deshielo* aparcada y nos centramos en seguir moviendo las tres o cuatro series que teníamos ya orquestadas.

Quizá fue la reiterada imposibilidad de vender aquellos trabajos a las plataformas lo que me decidió a volver a escribir una novela. En cierta manera también sentía la llamada de la escritura (al margen de que mi padre se me aparezca de vez en cuando en sueños para gritarme «¡Escribe!»). Así que Irene y yo nos tomamos un respiro que ella aprovechó para construir cabañas en su cocotero colombiano y que yo empleé para sentarme cada mañana a escribir (un escritor no es, al fin y al cabo, más que alguien que escribe todos los días).

Mi inspiración más natural fue convertir alguna de nuestras series en novela. Todas, sin embargo, estaban concebidas como aventuras visuales y no sentía que funcionase su trasvase al papel. Todas menos *Deshielo*. Ahí sí entendí que había un libro de ficción. Me costaba precisamente redactar el dosier porque la historia demandaba un desarrollo más frondoso y complejo.

Esta publicación tiene su origen, pues, en un proyecto de serie, hecho que quizá se evidencie de alguna manera en sus páginas. De todos modos, muchas cosas han cambiado respecto a aquella trama y aquellos personajes que tejimos Irene y yo hace un lustro. Incluido el final. Y es que *La nieve invisible*, como es lógico, no se ve. Se lee.

«Para viajar lejos no hay mejor nave que un libro».

Emily Dickinson